光文社文庫

文庫書下ろし

しのぶ彼岸花

上絵師 律の似面絵帖

知野みさき

光 文 社

この作品は光文社文庫のために書下ろされました。

目次

第一章

藪入りにて

一

隣りで涼太が起き出す気配がして、律も目を覚ました。

身体を起こして座ると布団の上で涼太と向き合う。

「明けましておめでとうございます」

「明けましておめでとう、お律」

有明行灯のみの薄闇の中、律と涼太は笑みを交わす。

青陽堂で初めて迎える正月であった。

六ツの鐘はまだだが、二階でも微かな物音が聞こえ始めている。

大晦日まで忙しい商家では寝正月が多いと聞くが、青陽堂では「一年の計は元旦にあり」と、起床はいつも通りだと告げられていた。

互いに身支度を整えるうちに六ツが鳴り、律は涼太の後について店の座敷へ向かった。

二間を続きにした座敷には既にちらほらと奉公人が集まって来ていて、涼太と律が顔を覗かせるとそこここから年始を祝うはきとした挨拶の声がした。

涼太と共に挨拶を返し、奥に座って待つことしばし、三十一人の奉公人と女中の二人が揃ってまもなく佐和と清次郎が現れた。

「女将さん、旦那さん、明けましておめでとうございます」

番頭の勘兵衛が挨拶すると、「おめでとうございます!」と奉公人たちも口を揃える。

佐和と清次郎は律たちの傍の上座に腰を下ろして、まずは佐和、それから清次郎と皆を見回してそれぞれ挨拶を述べた。

「明けましておめでとうございます。旧年中はひとときき厳しい日々が続きましたが、皆が地に足をつけ、たゆまず歩み続けてくれたおかげで、無事に年を越すことができました。新年が皆にも店にもより良き年になるよう心より祈念いたします」と、佐和。

「明けましておめでとう。みんな、今年も女将と涼太、それからお律を、どうかよろしく頼みます」と、清次郎。

己の名を聞いて律は慌てて頭を下げた。

涼太曰く清次郎の挨拶は毎年変わらぬそうだが、家人の一人として己の名を加えてくれたことがただ嬉しい。

昨年の藪入りに起きた混ぜ物騒ぎからおよそ一年が経った。

佐和が言った通り、一時は客足ががくりと落ちて青陽堂は窮地に陥ったものの、他の手代と共に涼太も売り込みに力を入れて過ごした。また、時が許せば店先で自ら煎茶を振る舞い、味や己の知識を確かめてもらうことで客の心をつなぎ止めようと努めた。

身贔屓なのは承知の上ゆえ口にはせぬが、「若旦那」である涼太が率先して身を粉にしたことで、奉公人たちの士気がぐんと上がったように思えて、律は内心「夫」が誇らしくて仕方ない。

挨拶が終わると、女中のせいと依は台所へ向かい、涼太と勘兵衛が皆を店へと促した。

店の土間を使って餅つきをするのである。

せいが蒸し上がった餅米を臼に入れると、涼太が杵で念入りに潰してこねていく。

餅米がほどよくこなれると、涼太は律を呼んだ。

「じゃあ、みんなひとつきずつ、まずは新参者のお律から」

何も聞かされていなかった律は面食らったが、皆がにこにことして見守る中、涼太から杵を受け取った。

「形ばかりでいいんだが、ここは一つ景気よく頼むよ」

「はい」

長屋では餅つきは男の仕事だったから、律が杵に触ることなどまずなかった。だがこれもまた青陽堂の者となった証だと、面映ゆくも「えいっ！」と杵を振り下ろす。

返し手となった涼太が次の名を呼び、律は奉公人では最年少の丁稚の新助に杵を渡した。

新助の後にはやはり丁稚の亀次郎、利松、典造、典助、仙次郎、与吉、菊介、孫芳、六太、

乙吉、手代の源八郎、治郎吉、幸太、助四郎、佐平次、三吉、友永、道孝、権七、松五郎、倉次郎、八兵衛、熊蔵、忠吉、信三郎、富助、房吉と続く。

奉公人の名前を聞きながらそれぞれの生国を胸の内で諳んじつつ、律は皆が楽しげに餅をつき、杵を回していくのを見守った。

房吉の後は、律には馴染みの恵蔵、作二郎、勘兵衛、せいと依、それから佐和と清次郎へと杵が渡る。

清次郎は皆と同じくひとつきすると、杵を涼太に渡して返し手となった。つき手となった涼太は清次郎と息を合わせて、もののひとときで餅をつき上げる。

つき立ての餅を、せいと依が手際よく小さく丸めて皆に配った。

各々が好みで醬油やきな粉で味わう間に、今度は恵蔵と作二郎が次の餅をつく。

通いの依は土産の餅を持って早々に辞去したが、皆は談笑しながらつき立ての餅と屠蘇を一刻ほど楽しんだ。

餅つきの後は明日の初売の支度を皆でした。

商売には口出しも手出しもせぬよう言われている律だが、今日は佐和に頼まれ、丁稚たちに交じって店の掃除を手伝った。

昼までに支度を終えてしまうと、佐和が一人一人に「駄賃」としておひねりを渡した。

商家では餅の他、「末広がり」の縁起物である扇が年玉としてよく贈られているが、青陽堂では年玉は朝の餅とのちの鏡開きの折の餅入り汁粉のみだそうである。だが、元旦から昼まで店を手伝う駄賃はそこそこの額ゆえ、これも年玉の内であろう。

　奉公人たちはこの駄賃を楽しみにしていて、ある者はしっかり貯め込み、ある者は外出の折の買い食いに費やし、ある者は半月後の藪入りの土産代にするなど様々らしい。

　駄賃をもらった後は夕刻まで自由で、二階に戻って昼寝をする者や、座敷で囲碁や将棋に興じる者が幾人かいたが、多くの者は連れ立って表へ出かけて行った。

　律は涼太と一緒に長屋を訪ねたが、隣人の今井直之を始め、日頃親しくしている者たちは恵方参りに出かけたようだ。

「俺たちも行こう」

「ええ」

　嘉永も四年目を迎えて、律は二十四歳、涼太は二十五歳となった。

　今年は辛の年で、恵方は丙――南微東――の方角である。

　やや東にずれるが神田相生町からほど近い玉池稲荷に行くのかと思いきや、涼太は京橋よりも更に南の西本願寺まで行こうと言い出した。

「いいじゃねぇか。夕刻までまだたっぷりあらぁ」

　奉公人の前ではけしして使わぬ伝法な言葉を口にして、涼太は律を促した。

和泉橋から川南へ渡り、左右に折れながら通町へ出ると、十軒店から日本橋へとのんびり歩く。

人通りはけして少なくないのだが、軒並み店が閉まっているため、まるで違った通りに見える。昨年までは長屋の皆と毎年恵方参りに出かけたものの、日本橋の方まで足を延ばしたことはなかった。

買い物客がいない代わりに、普段はあまり見かけない子供たちが、羽根つきやら独楽回しやら、通りで遊んでいるのが微笑ましい。大通りゆえか、家々を回る門付の囃子や踊りも一際賑やかだ。

きょろきょろ辺りを窺いながら歩いていると、ふと涼太の視線に気付いて律は小さく頬を膨らませた。

「もう！　そんなに笑うことないでしょう」

「うん？　笑ってたか、俺は？」

「ええ、にやにやと人を莫迦にしたように……」

「莫迦にしたなんてとんでもねぇ。かみさんとこうして二人きりで恵方参りに出かけられるたぁ、俺ぁなんて果報者だとしみじみしてたところさ」

目を細めて涼太が言うものだから、律は思わず襟巻に手をやった。

「……もう！」

熱くなった頬は襟巻で隠したものの、胸中の喜びは隠しきれずに声に出た。

二

翌日の睦月二日は仕事初めとして、律は長屋の仕事場で、もうお決まりとなった鞠巾着に取りかかった。

青陽堂は初売で、昼過ぎに様子を窺った限りではまずまずの賑わいだ。

涼太は店が忙しく、今井も年始回りに出かけている。八ツ前だが一人で一息入れようと火鉢に茶瓶をかけたところへ、近付いて来た足音が戸口の前で止まった。

「お律さん、太郎です」

元盗人の太郎は、今は密偵として火盗改――火付盗賊改方――の同心・小倉祐介に仕えている。太郎というのは仮の名で、本当の名前を律は知らない。

土間に下りて引き戸を開くと、律は太郎と年始の挨拶を交わした。

小倉の姿はないが、代わりに女を一人連れている。

「正月早々すいやせんが、浅草で盗みがありやして、お律さんに似面絵をお頼みするよう小倉さまから申し付けられて来やした」

「それはそれはお務めご苦労さまでございます。さ、どうぞ」

太郎と女を火鉢の傍へと促すと、まだ途中の鞠巾着の下描きを端に寄せ、代わりに文机を持って来た。

女の名ははん、浅草今戸町の旅籠・山田屋の仲居だという。

山田屋では大晦日には客を取らないため、金蔵は大晦日の夕刻に閉めたきりで、今朝まで異変に気付かなかったそうである。

「年礼と初売のために旦那が少し金を出そうと金蔵に行ったところ、錠前にいくつも傷がついていたそうで、鍵師が錠前を開けた折についたもんだと思われやす。それで慌てて番頭と金を調べたところ、切り餅が八つなくなっていたそうで」

一両小判を二十五枚、紙で包み封じた物が俗にいう「切り餅」だ。切り餅八つはちょうど二百両になる。

「それは年明けから災難でしたね」

律が言うとはんは大きく頷いた。

「まったくです。こんなことがあるなんて……でもきっと、あの女がかかわっているに違いありません」

あの女、とはんが言うのは師走の半ば頃から山田屋の近くで幾度か見かけた女で、山田屋はこの女が盗人一味の下見役だったのではないかと疑っているらしい。

「宿を探しているのかと、若旦那が一度声をかけたのですが、『いいえ』と短く応えたのみで頭巾で顔を隠して逃げて行ったのです」

「まだなんともいえねぇんですが、他に手がかりもありませんので、まずは似面絵を描いてもらおうということになりやした」

「どうかお願いいたします」

はんにも頭を下げられて、律は早速筆をとった。

「濃紺の袖頭巾をかぶっていました。背丈は私と変わらぬ五尺一寸ほど、鉛色の着物に頭巾と同じ濃紺の帯をしていました。帯にはよく見ると滝縞が入っていて……」

「あの、おはんさん、着物は但し書きをしますけれど、まずは顔の形を教えていただけませんか？」

「あ、私ったら、どうもおっちょこちょいですみません」

苦笑を漏らしてはんは女の顔立ちを語り始めたが、女が頭巾をかぶっていたために、はっきり見たのは眉に目鼻と唇のみで、輪郭も髷も定かではない。

「でも、顎がすっとしていたので、うりざね顔だと思います。髷は判りかねますが……」

左右揃った切れ長の目に、細めの眉、小鼻で鼻筋が通っていて――と、描き出してみるとなかなかの美女である。

「唇は上の方がやや細めなのですが、どちらも――殊に下はふっくらとしていて色気がありました」

そういうはんも年頃はおそらく己より少し年下の二十二、三歳。うりざね顔で、やや吊り目だが大きな黒目とほどよい唇の他、丸みを帯びた腰や尻に色気が漂っている。

「よく覚えていらっしゃいますね」

「仲居をしておりますと勘働きがよくなるんですよ。うちは大川が見渡せるのが売りの宿ですので少々値が張りますが、お金持ちでも中には変わったお客さまがいるんです。怪しいお客さまは若旦那に知らせるよう、日頃から言われておりましてね」

得意げなはんに、但し書きを入れながら律は問うた。

「幾度か見かけたとのことでしたが、着物や帯は同じだったのですか?」

「……ええ」

束の間小首をかしげてからはんは応えた。

「同じだったからこそ、気付いたのだと思います。もしかしたら、違う着物でもっと下見をしていたかもしれません」

着物や帯の色柄を下に書いて太郎に渡すと、今度は太郎が小首をかしげた。

「うん? この女、なんだか見覚えがあるような……」

「ふふ、頭巾をかぶっていてもこれだけの美女ですものね」

「からかうのはよしてくださいよ、お律さん」

「ごめんなさい。太郎さんに見覚えがあるのなら、やはり盗人一味なのでしょう」

太郎が「元盗人」とははんの前では言えないが、盗人たちをよく知るがゆえに小倉は太郎を密偵として重用しているのである。

「ほくろとか傷とか、もうちっと何かあればなぁ……」

はん曰く、女は色白で、見た限りほくろや傷などの特徴は見当たらなかった。

頭巾のせいで櫛や簪も判らずじまいだ。美女ではあるが、顔立ちだけなら当てはまる者は多そうである。

「そう都合のよいことはありませんよ。目立つほくろや傷を持つ者が、下見に何度も目をつけた店に現れるとは思えませんもの」

「ですなぁ……」

太郎が盆の窪へ手をやるのを見ながら、律はとうに沸いていた湯で茶を淹れた。

――店で出している茶の淹れ方と、茶の湯をひと通り覚えてもらいます――

祝言ののちに佐和から言われて、ここしばらく折々に暇を見つけては涼太から茶の淹れ方を学んできた。茶の湯はまだ手つかずだが、店の主だった煎茶の淹れ方はひと通り教わっている。また昔は家では店で一番安い茶しか飲んでいなかったのだが、今は「葉茶屋の嫁」として少し良い煎茶を涼太から渡されるようになっていた。

「美味しいお茶ですこと」

「そうでしょう、そうでしょう」

律より先に太郎が頷く。

「お律さんは表店の青陽堂の若おかみでもあるんです」

「まあ」

「それだけじゃありやせん。お上手なんでお上御用達で似面絵を描いてもらっていやすが、お律さんの本職は上絵師なんでさ。上野に池見屋って呉服屋がありやしてね」

「池見屋なら聞いたことがあります」

「さようで。店構えはそう大きくありやせんが、江戸中の粋人が出入りしておりやしてね。お律さんはそこの名物女将に見込まれた、唯一無二の女上絵師なんですや」

粋で気っ風のよい池見屋の類が「名物女将」なのは本当だが、己は「見込まれた」というより「拾われた」のであり、「唯一無二」も何も女の上絵師がまずいないからである。

「太郎さん、大げさですよ」

気恥ずかしくなって律は止めたが、太郎はどこ吹く風である。

「そう謙遜せずともいいじゃねぇですか。ああそうだ、おはんさんは定廻りの広瀬さまをご存じでやしょう？　あの広瀬さまの紋付きも、なんとこのお律さんが手がけたのですぜ」

「まあ……あの、そういえば、あれはもしや鞠巾着とやらでしょうか？」

よけてあった下描きを見やってはんが問う。

「そうそう！　そうなんですや。あまりにも人気なんで見様見真似の偽物も出たそうですけどね、鞠巾着の元祖はお律さんで、池見屋にしか卸してねぇんですよ」

猫背な太郎がふんぞり返って言うのが、律には面映(おもはゆ)いやらありがたいやらだ。

ひとしきり律を褒(ほ)めそやすと、太郎は今度は青陽堂を、更には青陽堂を贔屓にしている己の主人——小倉について熱く語った。

小倉への敬慕と忠義が言葉の端々から感ぜられて、思わず律まで胸が熱くなる。

太郎の情に胸を打たれて、二人に再び茶を振る舞いつつ、三枚頼まれた似面絵を急ぎおまけで一枚描き足して太郎に渡した。

三

昨日に続いて、典助が何やら浮かない顔をしているのに涼太は気付いた。

初売から二日が経った睦月(むつき)は四日目で、三箇日(さんがにち)も佐和の年始回りも終わり、店はいつも通り——否(いな)、奉公人たちは十日余りに迫った藪入りを楽しみに皆どこか浮き立っている。

佐和に断って、涼太は典助の届け物について行くことにした。

「典助は今日は深川(ふかがわ)だったな。私は芝(しば)までだから、途中まで一緒に行こう」

「あ……はい」

互いに荷を背負って店を出て、和泉橋を渡った辺りで涼太は問うた。

「なんだか顔色がよくないな。どこか具合が悪いのか？」

「い、いえ、どこも悪くありません」

「じゃあなんだ？　何か悩みごとでもあるのなら、話してみてくれないか？　私にできることなら力になるよ」

　昨年の混ぜ物騒ぎを思い出しながら、涼太は慎重に言った。

　元手代の源之助は古参で店の信頼も厚かったにもかかわらず、青陽堂での己の立場を不服としていた。そんな折に青陽堂の商売敵である日本橋の玄昭堂にそそのかされ、親しかったやはり手代の豊吉を巻き込み、届け物の茶葉に古茶を混ぜた。騒ぎの後、青陽堂の信用は急落し、一年かけて盛り返してきた今もまだかつての勢いには及ばない。

　もしも何か店に不満があるのなら、女将よりもまだ己の方が話しやすいのではなかろうか。

　そう考えて出て来た涼太であったが、典助の顔を見て己の浅慮を早くも悔やんだ。

「あの……若旦那のお気持ちはありがたいのですが、本当になんでもないんです。ええと、強いて言えば鏡開きまでまだ少しあるといいますか……その、私は甘いものが好きなので」

　正月に食べたきな粉餅に加えて、鏡開きでの餅汁粉も楽しみにしているのだ――というようなことを典助は述べたが、涼太の勘は嘘だと告げていた。

　典助が辛いものより甘いものの好きなのは知っていたが、「目がない」というほどではない。

　他の者に頼んだ方がよかったか……

　店での身分はいまだ手代でも、店の者にとって己は「若旦那」だ。典助は十四歳になったばかりで佐和よりは己の方が歳が近いが、男同士の気安さがあっても、そう容易(たやす)く打ち解けられる相手ではないのだろう。

「それなら、ちょっと寄り道しようか」

「えっ？」

「もう少し先に、餡子(あんこ)が入った餅を焼いてる番屋があるんだ」

町木戸(まちきど)の番人は副業として番屋で物売りをしていることが多い。草鞋(わらじ)や草履(ぞうり)、駄菓子などの他、冬場は焼き芋がよく見られるが、神田の番屋で一軒、睦月の間は餅を焼いているところに心当たりがあった。

「あ、あの、私はそんなつもりでは……」

「うん。だが、たまにはいいじゃないか」

遠慮する典助を番屋にいざない、餡子入りの餅を火鉢で炙(あぶ)ったものを二つ買って、まずは己が一口齧(かじ)った。

餅を頬張る典助は嬉しげだが、餅などその場しのぎの慰めでしかない。

無理には聞き出すまいと、その後は当たり障(さわ)りのない話をして過ごし、日本橋に差しかかる前に深川へ行く典助とは別れた。

芝の花前屋(はなさきや)への届け物と年始の挨拶を済ませると、帰りしなにもいくつか得意先に顔を出してから店仕舞いの前に店に戻った。

店先にちょうど典造が出ていたのを認めて、涼太は声をかけた。

「典造、ちょっといいか？」

顔かたちは違えど名前と背格好が似ているために、律はしばらく典助と典造の見分けがつかなかった。前後して奉公にきた二人は同い年で、常から仲が良いから尚更だ。

「なんでしょう、若旦那？」

「うん、その、典助のことなんだが……なんだか元気がないようだったが、お前、何か心当たりはないかい？」

「若旦那もお気付きでしたか。私もなんだかおかしいと思って、昨晩湯屋への道中で問うてみたのですが、『なんでもない』と。しつこくすればかえって応えてくれぬだろうと、一度しか問うておりませんが」

「そうかい」

「あ、あのでも、そそうやしくじりではないと思います。昨年のこと、私も典助も大層腹を立てました。それで――それで私どもは、店を裏切るような真似はけしてすまいと二人で誓い合ったのです。ですから、何かしでかしたら必ず若旦那に、真っ先にお知らせする筈です。ああ、その、もちろん何もしでかさぬよう常日頃心がけておりますが……」

懸命に言う典造の言葉に胸を熱くしながら、涼太は努めて鷹揚に微笑んだ。

「そうかい。ありがとう、典造」

店や仕事にかかわることではなさそうだと、涼太は胸を撫で下ろした。

とすると、女か……？

十四歳なら性に目覚めていようし、気になる女がいてもおかしくない。だが、同輩にして親友ともいえる典造にも明かしていないことなれば、涼太は黙って見守るしかなさそうだ。

店仕舞いを終えると、典助は典造を始めとする他の丁稚たちと連れ立って湯屋へ出かけて行った。日中よりは顔色が良いように思えたが、笑顔にはどことない無理がまだ感ぜられる。

手代たちも次々と湯屋へ向かう中、恵蔵がそっと近付いて来た。

「若旦那、少しいいですか？　二つばかり内密にご相談したいことがありまして」

「ああ、もちろんだ」

典助から何も聞き出せなかった分、恵蔵に頼りにされたのが一層嬉しく、涼太はすぐさま頷いた。

ゆくゆくは手代にと考えている六太はともかく、丁稚のうちは特に指南役を定めていない。だが、よく気のつく恵蔵のことだ。もしや相談とは典助のことではないかと涼太は期待した。

湯屋から戻った奉公人から夕餉となるため、涼太は恵蔵を店の座敷ではなく、帳場の方へいざなった。

「さ、恵蔵さん、ここなら誰にも聞かれません」

恵蔵は三十二歳で涼太より七つも年上だ。物心ついた時には既に青陽堂に奉公していた古参なのと、己がまだ一手代であることを踏まえて、二人きりや、佐和のいない古参のみとの話し合いではさん付けで呼んでいる。

「ありがとうございます。まず一つ目ですが」

膝を詰めて座ると、恵蔵は早速切り出した。

「昨年の話を覚えておりやすか？」

二人きりだからか、やや伝法な言葉遣いになって恵蔵は言った。

「昨年というと——源之助たちのことか？」

「いんや」と、恵蔵は苦笑した。「私の嫁取りのことでさ」

「あ、ああ、そういえば」

「旧年中はそれどころじゃなかったんで、ずっと女を言い包めてきやしたが、そろそろ肚を括らねぇと愛想を尽かされちまいそうです」

「ということは、もう決めた女性がいるんだね？」

「へぇ」

「そうか。それはすまなかった」

混ぜ物騒ぎもそうだが、己と律がなかなかまとまらなかったことも、恵蔵が遠慮していた一因だろう。

「とすると、きたる藪入りで祝言を？」

「そいつぁ、気が早過ぎで」と、恵蔵は再び苦笑を漏らす。「けど、のちの藪入りには必ずと、女に約束してぇんです」

「そうか。そりゃ、私に否やはないよ」

「では、女将さんや旦那さんにもそのように話を通しておいてもらえやすか？」

「うん？　じゃあ、まだ女将に話をしていないのか？」

「まずは若旦那に話しておこうと思いやしてね。こういったことは、男同士の方が気安いですから」

というのは建前で、跡取りとして立ててやろうという恵蔵の気遣いに違いなかった。

「そうか。女将には私からしっかり話しておくよ」

「頼りにしてますぜ」

「住まいはどうするんだい？」

「女は深川住まいでして、通うにはちと遠いんで、この辺りで長屋を探しまさ」

「なら、うちの方でも探しておこう」

「ありがとうございます」

目を細め、人懐こい笑みを見せてから恵蔵は続けた。

「それで二つ目のご相談なんですが」

「うん」

「六太の筆おろしはどうしやしょう?」

「六太の……」

思わず言葉に詰まって、涼太は顎に手をやった。

「あいつはもう帰る家がありやせんし、文月の藪入りで私が祝言を挙げるなら、きたる藪入りに品川にでも連れてってやろうかと思ったんですが、なんだかまだあいつにゃ早いような気がしやしてね。おっかさんの喪も明けてねぇですし……」

「そうだなぁ……」

涼太が筆おろしを済ませたのは十五歳の夏だった。六太も年頃なれば無論房事に関心があろうが、恵蔵の言う通りまだ服忌のうちで、亡くなった母親は六太の唯一の肉親だった。

「指南役の私としちゃあ、あっちの方もちゃんと指南してやりてぇところですが、嫁を娶った後だと花街にゃ出入りしずらいかと……若旦那だってそうでしょう?」

「そ、そうだな」

「とはいえ、他のもんに頼むのもなんだか癪でして、一体どうしたもんでしょうな?」

「そうだなぁ……」

莫迦の一つ覚えのごとき返事を繰り返して、涼太は小さく溜息をついた。

「とにかく服忌のうちはなしにしよう。文月にどうするかはおいおい考えることにして、まずは恵蔵さんが通いになる算段をしようじゃないか」

答えにならぬ台詞だが、恵蔵は「ですな」とにんまりとした。

――夕餉の席で、涼太は早速恵蔵の嫁取りについて佐和に話した。

「そうですか。恵蔵ももう三十二、深川の女性とはもうかれこれ四、五年になりますから潮時でしょう」

「母さまは恵蔵の想い人をご存じで？」

驚いて問うた涼太へ、佐和はいつもと変わらぬ調子で言った。

「こういったことは勘兵衛から聞いています」

「さ、さようで」

「清次郎さんからも時折」

「えっ？」

「そう驚くことはないだろう」

微苦笑と共に清次郎が言った。

「こう見えて私はなかなか人望があるらしく、相談ごとを受けることもしばしばだ」

「はあ」

「向こうさまは恵蔵と同じく、もう身寄りがいないそうです」と、佐和。「長屋住まいと聞いていますから、祝言には親代わりに大家さんがいらっしゃるかと思います。私どもも親代わりとして振る舞いますが、此度恵蔵は私でも勘兵衛でも清次郎さんでもなく、お前を相談役に選んだのだから、祝言の差配はお前が取り仕切りなさい」

「は、はい！」

祝言とはいえ店の催事には違いない。一任されたことがただ嬉しく、思わず声が上ずった。

隣りで律も微笑んでいる。

六太のことは、後で親父か勘兵衛さんに相談しよう――

こればかりは佐和や律には言えぬと、筆おろしについては沈黙を貫いたが、代わりに典助のことを口にした。

「典助がそう言うのなら、見守る他ありません。ただ、後で勘兵衛には話をしておきなさい。勘兵衛なら何か気付いているやもしれません」

「はい」

「難しい年頃ですからね……いえ、歳にかかわりなく、皆それぞれ、何かしらあるものです。あんまり無理に聞き出すものではありませんが、中には相談ごとを苦手とする者もいますから、匙加減が大事なのです」

店を裏切った源之助や豊吉のことを考えているのだろう。まるで己に言い聞かせているような口調であった。

「ええ、気を付けます」

「皆を大事にしなければ店は成り立ちません。男同士の方が話しやすいことも多いでしょうから、これからはお前が一層気を配りなさい」

「はい」

一瞬「筆おろし」の話を聞かれていたのかとひやりとしたが、男ばかりの奉公人を女手でまとめるのはまた違った苦労があるのだろう。

ほんの短いやり取りだったが、少しばかり跡継ぎとして認められた気がして、涼太は力強く頷いた。

四

鞠巾着は前日のうちに仕上がっていたが、律は昼下がりにのんびりと長屋を出た。

池見屋の仕事の期限は七ツゆえに、昼を過ぎてからでも充分間に合う。睦月も早五日となったが、池見屋を訪ねるのは年明けて初めてだ。挨拶ののち、女将の類の妹・千恵(ちえ)と茶のひとときでも過ごせぬかという思惑があった。

年賀用の茶葉の包みと共に暖簾(のれん)をくぐると、店にいた番頭の庄五郎(しょうごろう)と手代の征四郎(せいしろう)の二人と挨拶を交わす。

「奥の座敷へどうぞ。ちょうど雪永(せつえい)さんもいらしております」

征四郎に促され、律は一人で座敷へ向かった。

座敷では類と雪永、それから千恵が談笑していた。

三人にも年始の挨拶をして、律は座に加わった。

「うふふ。お律さんにも今お茶を淹れますね。ううん、どうせなら、みんなの分も淹れ直しましょう」

茶汲みはすっかり千恵の「仕事」となったようで、千恵は嬉しげに茶瓶を手にした。

千恵が茶を淹れる間に、律は鞠巾着を類に差し出す。

「うん。ちゃんと注文通りに仕上がってるね。前の三つも皆それぞれ喜んでくださったよ」

一時はくじ引きにしていたほどの鞠巾着だが、今は注文のみである。流行り始めた頃のような勢いはなく、枚数も五日に五枚から三枚に減らしていた。類の案で幾分値段は上げたものの、律の手間賃はそう変わらぬために実入りはやや少なくなった。ただ、なんやかやとまだ注文が途切れたことはない。

また、値段を上げた分、色や意匠も客の好みを池見屋がじっくり聞くようになり、律は今ではほとんど意匠に迷うことがなく、鞠も一つ一つをより丁寧に描けるようになった。

前も、けして手を抜いていた訳ではないけれど……

巾着とはいえ、客が注文したものを望み通りに描き、満足してもらえたと聞くことは、律にはいい励みになっている。

新たな三枚の注文を類から受けていると、のんびりと雪永が言った。

「偽物は早々に姿を消したようだね」

「ああ、竜吉(たつきち)が描くのをやめたからね。瀧屋(たきや)の他に、二番煎じをやろうって店も絵師もいなかったんだろう」

瀧屋というのは十軒店(じっけんだな)にある小間物屋で、竜吉という池見屋にも出入りしている上絵師に声をかけ、鞠巾着をしばらく売っていた。

律を見やって、にやにやしながら類が言った。

「竜吉は近頃、よそからの注文がまあまああるようだよ」

「そ——それは重畳(ちょうじょう)で」

「あいつは売り込みもうまいからね。師走に着物の注文もきたとかで、睦月はうちの仕事はしないとさ」

「着物の……」

竜吉は十一歳で弟子入りし、師匠のもとで一回り——十二年——も修業をしたと聞いた。

一度しか話したことがないゆえに、生い立ちも人柄もまだよく知らぬが、腕前も年頃も独り立ちした時期もそう変わらぬ竜吉は、律には商売敵といえる存在だ。

——私だって、師走にはお由里(ゆり)さんの着物を描いたもの。

競争心を覚えて律は胸中でつぶやいたが、どうやら顔に出たようだ。

雪永はくすりと、類はふふんと、どちらも微苦笑を浮かべたのを見て、律は今度は羞恥心から茶碗を口に運んだ。

「あら、お律さんだって負けちゃいないわ」

そう慰めてくれたのは千恵である。

「あの雪華のお着物は、着る度にお褒めの言葉をいただくのよ。霜月と師走と、私、二回もあのお着物を着てお出かけしたわ。ねぇ、雪永さん？」

一昨年の冬、律は己の名で初めて着物の注文を受けた。

雪永から、長年の想い人である千恵のために、椿の着物を描いてくれと頼まれたのだ。紆余曲折を経て意匠は結句椿から雪華となったが、千恵や雪永のみならず、律自身も満足のいく着物に仕上がった。

「うん。二度とも評判は上々だった」

「そうよ、上々だったのよ」

雪永と頷き合ってから千恵は続けた。

「それにね、それに……近々、きっといい知らせがあると思うのよ」

「いい知らせ？」

「ええ」

思わせぶりに、千恵はちらりと雪永の方を見た。

もしや、また雪永さんが注文してくださるのかしら――？

「こら、お千恵」

雪永と類が声も言葉も合わせて、千恵を短くたしなめる。

「まだ内緒だって雪永から言われたばかりじゃないか」と、類。

「ま、まだなんにも言ってないわ」

「言ったも同じさ」

「だって……だって、ちょうどお律さんがいらしたんだもの」

「言い訳はおよし。まったく口が軽いったら」

「ごめんなさい……」

千恵がじわりと目を潤ませたのを見て、雪永が慌ててとりなした。

「いいんだよ。内緒ったって、大した秘密じゃないからね」

「あんたはまったく甘いんだから」

呆れ声だが、からかい交じりでもある。

「まあまあ……いやね、知り合いで一人、お律さんの着物に興を示した者がいてね」

律に向き直って雪永が言った。

「ほら、先月お由里さんとやらに着物を描いたろう？　残念ながら実物を見ることは叶わなかったが、話はお類から聞いた。意匠は白百合だったのに、裾の裏に黒百合を一輪描いたんだってね。蝦夷（えぞ）の黒百合にまつわる話、お類から聞くまで私はちっとも知らなかったよ」

「私もよ」

涙を引っ込めて横から千恵も言った。

「私もちっとも知らなかったわ。黒百合にあんないわれがあったなんて……」

俗には不吉と思われている黒百合は、蝦夷では恋の花だという。

――想いを込めた黒百合を想い人の近くに悟られぬよう置いておき、想い人が手にすれば、その恋は成就する――

そんな逸話があるのだと、年の瀬に東慶寺に駆け込んだ由里が教えてくれたのである。

「黒百合はお律さんがお由里さんの気持ちを汲んで、こっそり入れておいたと聞いてね。ちょいといい話だと、世間話のついでに知人に話したんだよ。そしたら、『私も注文してみたくなった』と言い出してね。今度雪華の着物を見せる約束をしたんだ。それで今日は暇潰しがてらに、雪華の着物を借りに来たんだよ」

ただ、まだその知人がどのくらい乗り気か判らぬために、律をぬか喜びさせぬよう、千恵に口止めをしたばかりだったという。

「もしも注文に至るようなら、いち早くここへ伝えに来るよ」

「きっとよ」

律より先に千恵が念を押したものだから、類と雪永が揃って小さく噴き出した。

「その時はまずはお千恵に知らせるから、お千恵からお律さんに知らせてくれるかい？」

「ええ、もちろんよ。でも、その時は雪永さんも一緒に知らせに行きましょうよ」

「ああ、うん、それもいいね」

「約束よ」

「うん、約束だ」

今年三十六歳の千恵が、婚礼前に手込めにされたのは十五年前のことだ。

以来、千恵は記憶があやふやなまま十年余りを雪永が用意した「椿屋敷」で過ごし、おとしの暮れ、少し記憶が戻ったのを機に生家である池見屋に戻って来た。いまだ全てを思い出すには至っていないが、物忘れは随分減ったと聞いている。

無邪気に「約束」を喜ぶ千恵は、己より一回りも年上なのに愛らしい。

「まあまあ、楽しそうですこと」

そう言って顔を出したのは杵である。

類と千恵の乳母だった杵は、椿屋敷で千恵の世話を一手に担い、千恵と共に女中代わりとして池見屋に住み込むようになった。

「茶請けにどうぞ。ついそこでいただいたんです。まだ蒸し立てですよ」

杵が差し出した竹皮の包みの中身は蒸し饅頭(まんじゅう)で、ほんのりと蒸し立ての香りが広がった。

「まあ、おやつにぴったり。さあ、雪永さん、お律さん、どうぞ」

台所へ戻った杵の代わりに千恵に勧められたが、律は何やら胃の腑(ふ)が重い。

「昼餉をいただいたばかりで、まだお腹一杯ですから……」

千恵は先月、雪華の着物を着て、類と雪永、杵の三人と炬燵船に乗ったという。

霜月に日本橋の料亭に行ったことは聞いていたが、炬燵船のことは初耳だった。茶をおかわりし、律は半刻ほど冬の大川見物の話を千恵から聞いた。

「では、また五日後に」

「その前に会えるかもしれないわ」

にっこりとした千恵に送り出されて、律は池見屋を後にした。

晴れ空で、七ツ前とまだ日暮れまで時はあるが、息は白く、道も凍ったように硬い。

足元に気を配りながら歩いていると、また少し胃の腑が苦しくなった。

お茶を飲み過ぎちゃったかしら……

茶汲み役の千恵が楽しげだったから、一刻に満たない間に三杯も茶をもらってしまった。

「……あ！」

ふいに小さく声を上げて律は立ち止まった。

もう七日ほど、月のものが遅れていることを思い出したのだ。あまり乱れのない律には珍しいことである。

由里の駆け込みの始末を聞いたのちに香のところへ泊まりに行き、年越し、正月、仕事初めと慌ただしかったため、月のものがきていないことに今の今まで気付かなかった。

——近々、きっといい知らせがあると思うのよ——

先ほどの千恵の言葉が耳によみがえる。

もしかしたら……

これが「いい知らせ」になるやもしれないと、胃の腑の重たさとは裏腹に、律の胸は浮き立った。

五

「では、行って参ります」

「うん。頼んだぞ」

廊下で涼太にひと声かけて、律は六太と共に裏口から出て浅草へ向かった。

六太が浅草の料亭・尾上に届け物に行くのに律も同行し、海苔屋・長谷屋に藪入りの土産の海苔を買いに行くのだ。

奉公人たちが心待ちにしている藪入りまであとほんの二日だ。

朱引の外からきている奉公人はもちろんのこと、市中の家にも浅草海苔は軽くていい土産であった。ゆえに、常から浅草海苔を土産とする者が幾人かいて、これまでは丁稚の一人にまとめて買いに行かせていたのだが、律の弟・慶太郎の友である弥吉が長谷屋で働くようになったため、涼太が律に遣いを頼んできたのである。

残念ながらまだ着物の注文はないものの、明日納める鞠巾着を既に仕上げていた律は一も二もなく引き受けた。久しぶりに弥吉の顔を見られることや、ささやかだが藪入り前で忙しい店の役に立てることが律には嬉しい。

六太の届け物もまた藪入りの土産で、尾上が家に帰る奉公人たちに持たせるという。

届け物や注文聞きでよく外出している六太は、近道として武家の合間の道を左右に折れながら、長谷屋のある田原町まで律を導いた。

「道を知っているとこんなにも早いのね。助かったわ、六太さん」

「あの、急ぎ足が過ぎたでしょうか？　なんだかお顔色が優れないような……」

「いいえ、平気よ。いつも家にいるから身体が鈍っているのよ」

笑って律は誤魔化した。

月のものはいまだきていなかった。

あれからずっとどことないだるさが続いているのだが、悪阻というほどの不調はない。ゆえに律はまだ涼太にも何も告げていなかった。

「では、私はひとっ走り尾上まで行って参ります」

「綾乃さんによろしくお伝えくださいね」

綾乃は尾上の娘で、かつて涼太に想いを寄せていた。律と涼太が相思と知れてひととき気まずくなったものの、先だっての護国寺詣でを機に綾乃曰く「仲直り」を果たしている。

のちに戻って来る六太を見送って、律は長谷屋の暖簾をくぐった。

「あ、お律さん」

そう声を上げたのは、店主の慎吾であった。

「おおい、弥吉、お律さんがいらしたぞ！」

慎吾に呼ばれて、奥からすぐに弥吉が顔を出した。

「弥吉さん、元気そうね」

「ええ、達者に過ごしております」

「今日は、お土産用の海苔を買いに来たのよ。この通りに少しずつ分けて包んでもらえるかしら？」

「もちろんです。藪入りのお土産ですね」

律が渡した書付を見て、弥吉は微笑んだ。

「お律さんも、もうすっかりおかみさんだ」

「ううん、まだまだよ」

「あら、そんなことないわ」

茶々を入れたのは、暖簾をくぐって来たばかりの伶だった。

伶は長谷屋の近所の旅籠・近江屋の嫁で、奇しくも律と同じく、昨年の中秋の名月に幼馴染みの泰介と祝言を挙げている。

「お伶さん……お伶さんこそ、もうすっかり若女将だわ」

裏葉色の着物も、薄紅色の牡丹の縫箔が入った帯も、伶ならではの着合わせだ。控えめな化粧がかえって整った顔立ちを引き立てていて、その笑みには帯に負けぬ華やかさがある。

「——この帯はね、泰介が買ってくれたのよ。ああ、もちろん見立てたのは池見屋の女将さんだけど」

「お伶さんにぴったりだわ」

「ふふ、どうもありがとう」

さらりと礼を言って、伶も書付を取り出した。

「弥吉さん、うちの分も頼めるかしら？」

「もちろんです。すぐに揃えます」

伶も奉公人に持たせる土産のために、海苔を買いに来たという。

「若女将なんて名ばかりよ。こうした遣い走りしかしていないもの」

「私もよ。しかもお店のお遣いは今日が初めて」

互いに笑みをこぼして、律たちは海苔を待つ間しばしおしゃべりに興じた。

弥吉がそれぞれの注文を包み終える頃、六太が暖簾をくぐって入って来た。

「お伶さん、こちらはうちの丁稚で六太といいます。六太さん、こちらは近江屋の若女将のお伶さんよ。近江屋は──」

「ここからすぐの旅籠ですね。一度だけですが、若旦那に頼まれて茶を届けに参ったことがございます。日頃より格別のお引き立て、まことにありがとう存じます」

「こちらこそ、いつも美味しいお茶をありがとうございます」

しっかり挨拶をする六太が誇らしく、律もやや胸を張って慎吾と弥吉にも引き合わせる。

──と、六太を追うようにして、綾乃が暖簾の向こうから姿を現した。

「綾乃さん」

思わず六太と声が揃った。

「あ、あの、新年おめでとうございます。平素は格別のお引き立てを賜り──」

「ご挨拶は後回しにいたしましょう、お律さん。なんだか怪しい女の人がいるのです」

「怪しい女の人?」

「うちから六太さんをつけて来たみたいなんです」

「まあ、六太さんも隅に置けないわね」と、くすりとしたのは伶である。

「笑いごとじゃありませんわ」

「どうもすみません」

むっとした綾乃へ、伶は素直に謝った。

「私、六太さんが来ていると聞いて急いで店の方に行ったのですけれど、もうお帰りになった後で……でも店の者が、六太さんはお律さんを迎えに長谷屋に行くと聞いたと言うので、後を追って来たのです。六太さんはすぐに見つかったのですが、声をかける前にその女の人に気付いたのです」

「その人は本当に六太さんをつけていたのですか?」

「ええ。六太さん、先ほど道端で転んだお爺さんを助け起こしてあげたでしょう? その女の人は六太さんに合わせて足を止めて、六太さんが歩き出したらその人もまた歩き出したのです。そうして六太さんが長谷屋に入ると、その人は通りの向かいに行って、長谷屋を窺うように見て……なかなか目鼻立ちの整った方ですわ」

「顔見知りのお客さまでしょうか?」と、六太。「ちょっと顔を見て来ましょう」

「待って。まずは私が見てみます」

六太を止めて律は言った。

「六太さんに気がある方かもしれないでしょう? 声をかけづらかったのかもしれないわ。だとしたら、六太さんがじろじろ見たら、恥ずかしくなって逃げ出してしまうんじゃないかしら?」

「まさか」

驚いて六太はつぶやいたが、充分ありうると律は思っている。

十五歳になったばかりで身体はまだ細いものの、この一年で背丈もまた少し伸び、いつの間にやら声も低くなって大人びてきた。

野次馬根性も手伝って、六太にはお構いなしに律は綾乃に女の着物の色を問うた。

「熨斗目色の着物に藍色――うぅん、鉄紺の帯でしたわ。袖頭巾をかぶっていて、頭巾も帯に似た色でした。向かって左手の店の陰に立っている筈です」

熨斗目色に鉄紺とは、年頃の娘とは思えぬ組み合わせである。

とすると、やっぱりお客さまかしら？

いささかがっかりしつつ、律は長谷屋の外に出た。

綾乃が言った通り、女は向かって左手の店の陰にいた。

が、目が合ったのも一瞬で、律が顔をしかと見る前に女はさっと頭巾に手をやって顔を隠し、そそくさと立ち去って行った。

「逃げられてしまったわ」

店の中に戻って律は言った。

「でも、あの人の目当ては六太さんとは違うような気がします。だって、それなら私に見られたからって逃げないでしょう？」

「それもそうですね……」

当てが外れて、綾乃は小さく溜息をついた。

顔はよく見えなかったが、女の身なりが先日はんという仲居が見かけた女に似ていることを、律は今になって思い出した。はんが見た女は「鉛色の着物に濃紺の帯」であった。鉛色の代わりに熨斗目色、濃紺の代わりに鉄紺と聞いたがために先ほどは思い当たらなかったが、着物と帯の色も似通っている。はんが見た女は「よく見ると」帯に滝縞が入っていたそうだが、これはもっと近くで見なければ判りかねる。だが、はんが見たのも「袖頭巾」で帯と同じ色だと言っていた。

六太をつけて来たように見えたのは偶然で、女はこの辺りの商家の下見をしていたのではないかと律は疑ったが、長谷屋を含め、大店といえるような店は辺りにはない。また、着物も帯も頭巾もありきたりな色や形ゆえに、決めつけるのは早計だ。

「ところで綾乃さんのご用事はなんだったのですか？　届け物に何か不備でも？」

「あ、いいえ。私はその、もしも六太さんが藪入りにお暇なら、一緒に帰蝶座を見に行かないかとお誘いしようと……ああ、うちにも一人、帰る家のない——あの、日中暇な丁稚がいるのです。そうだ、なんならお律さんも涼太さんと——そうそう、弟さんもいらしたんでしたね。では、弟さんもご一緒にいかがですか？」

帰蝶座はその名も帰蝶という女が座長で、浅草広小路に小屋をかけ、舞いや出刃打などを出しものにしている一座であった。

神無月に六太を伴に綾乃と護国寺を詣でた際、律たちは掏摸を働いていた英吉と松吉という兄弟に出会った。綾乃の手配りで、この二人は今は帰蝶座で手妻師として修業している。

「それはありがたいお誘いです」と、六太。「ですが、まずは指南役の者に相談させてくださいませ。その方も身寄りのない私を気遣って、何やら算段しているようなのです」

「では、もしもご一緒できるようなら、九ツまでにうちにいらしてください。少し遅くなるけれど、お昼も広小路でご一緒しましょう」

ざっと話がまとまると、律は弥吉に代金を支払って皆と外へ出た。

「弥吉さん、清ちゃんによろしくね」

弥吉の妹の清は、為吉という男とその妻に引き取られた。裏長屋暮らしゆえに二人一緒には養えぬと言われて弥吉は長谷屋で奉公することになったのだが、藪入りには為吉夫婦と清の待つ長屋へ帰る。

頷く弥吉に見送られ、伶や綾乃とも別れて律は六太と家路に就いた。

二人きりになると六太が切り出した。

「あの、先ほどのお話ですが、お律さんから恵蔵さんにお話ししていただけませんか？　私からだと信じてもらえるかどうか……」

「それは構わないけれど、信じてもらえないなんてことはないでしょう？」

「ですが、ああ見えて恵蔵さんは心遣いの細やかな方でして。私から話すと、私が遠慮しているのではないか、そのための嘘ではないかと勘繰られるように思います」

恵蔵に祝言を考えている女がいることを、律と涼太は先日初めて知った。

「恵蔵さんにそんな方がいたなんて、私たちはちっとも気付かなくて」

「前の藪入りも昼間は私を連れ出してくださったんです。その方も身寄りがいらっしゃらないようですし、此度(こたび)は私のことは忘れて、その方とゆっくり過ごして欲しいのです」

心遣いが細やかなのは六太も同じだ。

「あ、もちろんそれだけじゃありません。英吉や松吉の様子を知りたいですし、名高い帰蝶の舞いを私も一度見てみたく……」

慌てて付け足す六太は客の前よりやや少年らしく、律は思わず笑みをこぼした。

これもまたささやかなことではあるが、涼太に続いて六太にも頼りにされたのは喜ばしい。

長谷屋の前にいた女が気がかりであったが、律はしばし不調を忘れ、六太との戻り道中を楽しんだ。

六

張り切って青陽堂へ戻った律だが、藪入り前で恵蔵も涼太も忙しそうだ。

二人には後で話すと約束すると、六太と別れて律は長屋へ向かった。

長谷屋の前で見た女について、先に今井に相談してみようと思ったのである。

ついでに買って来た土産の海苔を差し出しながら、律は綾乃と己が見た女について話した。

「顔はしかとは見なかったのだね？」

「目が合ったのがほんの一瞬で、道を挟んでのことでしたし……綾乃さんも後ろ姿はよく見ていましたが、あまりじろじろ見てはこちらも変に勘繰られると、向かいの店から窺う顔はちらりと見ただけだそうです。でも、なかなか目鼻立ちの整った方だと言っていまして、私もなんだかそんな気も……」

「ううむ、どうも頼りないな。お律の言うように着物も帯もありきたりな色合いだしな。同じ浅草の中だというのは気になるが、ゆえにかえって違うような気もするよ。たとえ下見だとしても、今、浅草をうろつくのは危険が過ぎる。火盗の調べが気になっているのなら、少なくともまったく別の格好をしているだろうと思うのだ」

「そうですね」

「だが、大店でないからといって、貯め込んでいないとは限らない。山田屋から盗まれたのは二百両だったな。私どもには大金だが、ほら、尾上からは千両箱が三つも盗まれたじゃないか。それなら長谷屋のようなそこそこ繁盛している店が、二、三百両貯め込んでいたっておかしくない」

小倉曰く、みっちり千両入っていたのは一箱だけだったらしいが、それでも三箱合わせて二千両は下らなかったと思われる。

「長谷屋のような店なら金蔵というほどのものもないだろう。店が狭い分、忍び込んだらすぐばれそうだが、金のありかさえ見当がついていれば、案外狙いやすいとも考えられる。うん、ここは念のため、小倉さまに知らせておいた方がいいやもな」

「では、私が今から知らせに参ります」

「浅草から帰ったばかりじゃないか。私が行こう」

「でも……」

実際に女を見た己が行く方がよいように思えたが、不調を踏まえて律が言葉を濁したところへ、なんと太郎がやって来た。

「やあ、噂をすれば影だ」

「俺の噂をしてたんで？」

「いや、今戸町の山田屋の盗人の話だよ」

「そいつならもう捕まりやした」

「えっ？」

思わず声を揃えた律たちに、太郎は得意げに胸を張る。

「そのことを知らせに来たんでさ。もとより一味に通じてる者がいないかどうか、店の者も探っていたんですが、小倉さまが跡取りがどうも怪しい、錠前の傷も鍵師の仕業にしてはどうも変だと……流石我が殿、目の付けどころが違いやす。結句、金を盗ったのは跡取りの健太郎でした。盗人の仕業に見せかけるために、錠前にはわざと傷を入れたそうで。また、こやつはおはんに手を付けておりやした」

「そ——そうだったんですか」

「ならば、おはんの見た女というのは誰だったのだ？」

「あれはおはんのでっち上げでした。なんでも盗みの少し前に、山田屋の近くで健太郎が女に声をかけたそうです。女が宿を探しているようだったからしいのですが、女があの通りなかなかの美女で、健太郎があまりにも馴れ馴れしいのに嫉妬して、女を『下見役』としてでっち上げたってんでさ」

幾度か見かけたというのも嘘で、本当は一度きりだったという。

「まあ……」

「おはんが女をよく覚えていたのも、そういう訳があってのことだったんで」

「なぁんだ。じゃあ、あの人もおそらくただの通りすがり——」

「あの人、というのは？」

太郎に問われて、律は今井に話したことを繰り返した。

「……それだけじゃなんともいえねぇですね」

話を聞いて太郎は顎に手をやった。

「爺ぃが転べば俺だって足を止めやすし、向かいの店から長谷屋を見たのだって、後でそっちに行こうかと考えてただけやもしれねぇですし……お律さんを見て逃げたってのはおかしいですが、お律さんは広瀬さまが御用聞きにと望まれるほどのお人ですからね。もしや女を探した時に、ちぃとばかり目つきが悪くなってたんじゃねぇですか？」

「よしてくださいな。そりゃ少しは硬い顔をしていたかもしれないですけど……」

「へへ、まあ、おいおい慣れやすすや」

「もう！　私は御用聞きになるつもりはありませんから」

「おや、そうですか？　広瀬さまは諦めてねぇようですが……ちょいちょい小倉さまとの話に上りやすぜ。お律さんのことも、涼太さんのことも」

「もう……」

からかい交じりの太郎には溜息をついてみせたが、もう少しうまく立ち回れたのではないかと思わないでもない。

そんなに怖い顔していたかしら？

睨んでしまっていたなら女に悪いが、なんにせよ、盗人が見つかったのは朗報だ。

跡取りの仕業と判って、山田屋では火盗改に頼み込み、内々に済ませることにしたという。

「へへ、それはそれで好都合といえないことも……」

にやりとした太郎を見て、それなりの口止め料が支払われたのではないかと律は踏んだ。

賂は送るのも受け取るのも褒められたことではないが、町奉行所も火盗改も台所は厳しいと聞いている。

今井と太郎と茶のひとときを楽しんで、律は夕刻までぶん回しの練習に勤しんだ。

夕餉の前に涼太と恵蔵が一緒のところを捕まえて、綾乃の申し出を話した。

六太の心遣いを恵蔵は照れながらも受け入れて、藪入りは恵蔵は女のところへ、六太は浅草へ行くことになった。

のちに寝所で涼太が言った。

「明日にでも一石屋にちょいと顔を出して、慶太郎を誘ってみるといい。俺は遠慮しておくよ。綾乃さんと一緒というのはどうもまだ気まずいし、尾上のことはもう六太に任せているからな」

――年を越したら一息つける。そしたら一緒に帰蝶座を見に行こう――

そう涼太と約束していたが、まだ気まずいと思うのは律も同じだ。

「判りました」

慶太郎が奉公している菓子屋・一石屋は佐久間町にあり、青陽堂から二町ほどしか離れていない。だが、住み込みで店先に出ることのない慶太郎と顔を合わせる機会はそうあるものではなかった。一日早く、束の間でも慶太郎の顔を見られるかもしれないと思うと、律の胸は弾んだ。

「ああそれから、今日、太郎さんが来て……」

山田屋の盗人が判明したのだと律は話し始めたが、話半ばで涼太の寝息が聞こえてきた。

お疲れなのね……

次の花見までには、己が必ず店を盛り返してみせる——と、昨年、涼太は佐和や清次郎に大見得（おおみえ）を切ったと聞いている。

大分客足は戻ったように律には見えるが、すっかり元通りとなるまで——また、涼太が店を任せてもらえるようになるまでにはまだしばらくかかりそうだ。

涼太はまず店を立て直し、それから律と夫婦にという心積もりだったようだが、慶事は早い方がいいと佐和に言われてとんとん拍子に話が進んだ。佐和や清次郎が律たちの想いにとうに気付いていたがゆえの心遣いでもある。

身体を壊しては元も子もないし、無理はして欲しくないのが本音だが、先に祝言を許してくれた両親の厚意に報いたいという涼太の気持ちはよく判る。

ゆっくり休んでくださいね——

肩が冷えぬようそっと涼太の掻巻（かいまき）を直して、律も隣りで眠りについた。

七

藪入りの朝はいつもより半刻は早く目が覚めた。

二階でもごそごそと奉公人たちが起き出す物音がしている。律が厠（かわや）に行くと、台所から既に炊き立ての米の匂いがした。

常なら食欲をそそる匂いだが、微かに胃の腑が疼いて律は思わず顔をしかめた。

炊き立ての匂いに吐き気をもよおした香を思い出したが、あのようなはっきりとした悪阻の症状はまだなかった。悪阻は人それぞれと聞いているものの、己が本当に懐妊しているのかどうか律にはなんとも判じ難い。

己が産む子は佐和たちには内孫で、男児なら当然、女児でものちの跡取りとなる見込みが大きい。それだけに下手に皆をぬか喜びさせてはならぬと、律はまだ誰にも打ち明けられずにいた。

奉公人の中でも在所が遠い者は昨夕のうちに発っている。

点呼の代わりにせいを手伝っていると、市中の家に帰る者たちが次々と起き出し、朝餉もそこそこに出かけて行く。

律も早々に朝餉を済ませて、佐和や涼太と共に奉公人たちを見送った。

涼太が気にかけていた典助は途中まで典造と同行するらしい。よく眠れなかったのか目の下にうっすら隈があるのが気になったが、それは典造や他幾人かの奉公人も同じだった。待ち遠しさゆえに寝付けない者は、殊に若い丁稚たちに多かった。

恵蔵や六太を含む帰る家を持たぬ者や、在所があまりにも遠く此度は帰らぬ者は少し後から起きてきたが、ほとんどが四ツにはどこかしらに出かけるようだ。

慶太郎は五ツ半には帰って来た。

長屋ではなく、青陽堂の方に先に顔を出して佐和に挨拶をする。

「お世話になります。こちらはつまらないものですが、どうかお納めくださいませ」

「お気遣いありがとうございます」

青陽堂はあくまで姉の婚家で実方（じつかた）とは違う。礼儀正しく挨拶をして菓子の包みを差し出す慶太郎が誇らしい反面、大人びた、やや他人行儀な物腰が寂しくもあった。

が、それもほんの束の間だった。

続けて長屋へ挨拶すべく律と勝手口から出ると、慶太郎は一息ついて笑顔を見せた。

「ちょいとどきどきしたけど、おれ、まあまあうまくやったよね、姉ちゃん？」

「うん、上出来だったわ」

律の返事に気をよくして、慶太郎は長屋の皆にも挨拶をして回った。

幼馴染みの夕（ゆう）や市助（いちすけ）とは朝のうちに顔を合わせて来たそうである。

「夕ちゃんは年始めから、市助は明日から奉公だからさ。二人とも、今日はゆっくり親兄弟と過ごしたいと思ってさ」

ゆえに土産の菓子を渡して、さっさと切り上げて来たのだと慶太郎は言った。

「せっかくのお誘いに遅れても困るしね。六太さんの顔を潰す訳にはいかないよ」

綾乃の誘いに一も二もなく頷いた慶太郎だったが、帰蝶座よりも六太と出かけられるのが嬉しいようだ。涼太への遣いで長屋でもよく目にしていたし、店は違えど早くから手代にと望まれている六太に憧れている節が慶太郎にはある。

ひと通り長屋で挨拶を済ませると、律たちは青陽堂へ戻って六太を呼んだ。

「本日は謹んでお伴つかまつります」と、慶太郎。

「お伴だなんてとんでもない。一人だとどうしても気を張ってしまうので、お律さんや慶太郎さんとご一緒できて嬉しいです」

微笑み合う慶太郎と六太の横で、律も見送りに出て来た涼太へ声をかけた。

「行って参ります」

「ああ、気を付けて行っておいで」

誘ってきたのは綾乃だが、尾上は青陽堂の上得意客である。それなりに体裁を整えてしかるべきだと、今日は佐和から着物を借りていた。

借りた袷は無地だが璃寛茶色と葉茶屋の者らしい色で、染めになんともいえぬ深みがある上、仕立ても細やかだ。「くれぐれもそそうのないように」と佐和から釘を差されていたが、綾乃よりも着物へのそそうをつい案じてしまう。

だが巾着と帯は慣れた手持ちの物で、甲州印伝の巾着の紐を握り直し、蒸栗色に七宝紋の入った帯に手をやって、律は背筋を伸ばして歩き始めた。

九ツまでまだ一刻余りあるゆえ、和泉橋を渡って柳原沿いを東へ向かった。尾上に行く前に、両国広小路を少し覗いて行くことにしたのだ。

時折吹き抜ける風はまだ冷たいが、遠くまで晴れた空が清々しい。

慶太郎と六太がそれぞれ店のことを話すのを聞くうちに、両国広小路が見えてくる。藪入りの客を当て込んで、広小路にはいつにも増して出店やら見世物やらが立ち並んでいた。

「あっ、柳屋だ。姉ちゃん――お姉さん、あれが柳屋ですよ」

六太の手前、慌てて慶太郎が言い直すのへ、律は噴き出しそうになるのをこらえた。

柳屋は粟餅屋の出店で、餅つきを芸のように見せるのが売りであった。五人の店の者は皆揃いの半纏に襷をかけていて、餡、胡麻、きな粉を入れた三つの木鉢に一人ずつ三人が構えている。餅つきはともかく、餅取りが見事で、ほどよくつかれた餅を返しながら、小さくちぎり、三つの鉢の中に順に投げ入れていく。

ある餅は弧を描き、ある餅は矢のごとき速さで鉢に投げられたかと思うと、鉢についた三人がこれまた電光石火の速さで味をつけて皿に載せる。

あっという間に積まれた三種の粟餅を、見物客が歓声と共に買い求めた。

昨日のうちに涼太から充分な小遣いをもらっていた律は、慶太郎に銭を渡した。

「六太さんの分と合わせて、三つずつ二人分買ってらっしゃい」

「お姉さんの分は？」

「私はそんなにお腹が空いていないもの」

「おれ——私はもうぺこぺこです」

育ち盛りの腹に手をやって慶太郎が言う。

「それなら三人分買ってらっしゃい。私はきな粉を一口いただくから、残りは慶太と六太さんで分けるといいわ」

「合点だ」

おどけて慶太郎が駆けて行くと、律は六太と顔を見合わせて笑みを漏らした。

「お昼は少し遅くなるとのことでしたから、助かります」

「足りないようなら、他にも何か買いましょう」

「いえ、粟餅で充分です」

「遠慮しないでちょうだい。慶太の子守代だと思って……」

「子守だなんてとんでもない」

小さく手を振って六太は苦笑したが、ふと律の後ろを見やって眉根を寄せた。

「どうかしました?」

「あすこに典助が——」

「典助さんが?」

六太の視線を追うように振り向くと、少し離れたところにいる典助はすぐに見つかった。

律にも見覚えのある着物はお仕着せではないが、青陽堂が奉公人のために仕立てて贈った物だ。背負っている風呂敷も同様だから、けして他人の空似ではない。

祝言ののちに清次郎からもらった書付によると、典助は千駄ヶ谷、典造は巣鴨の出で、共に店を出た二人は湯島横町を過ぎた辺りまで一緒だった筈である。

「どうしたのかしら？」

出店を覗いているようでいて、上の空なのが見て取れる。

涼太が言っていたように、浮かない顔をしているのが気になった。藪入りで周りの者が皆楽しげだから、尚更典助が目立って見える。

「おかしいですね。待ち合わせでもなさそうですし……あいつ、ここしばらくなんだか変だったんです。何か家に帰れない、やむを得ない訳があるに違いありません。ちょっと話を聞いてきます」

「待って」

典助の悩みがなんであれ、涼太曰く、仲の良い典造にも明かしていないらしい。だからこそ、おそらく典造と別れた後に一人でここまで出て来たのだろう。

「六太さんは慶太郎を連れてこのまま尾上に行ってください。万が一にも遅れたら、綾乃さんに申し訳ありませんから。それに典助さんは家に帰ったものと、お店のみんなは思っているのでしょう？　それなら六太さんよりも、お店にあまりかかわりのない私の方が、かえって気を許してくれるんじゃないかと思うのよ」

互いに典助に目を配りつつ言うと、六太は束の間考えて頷いた。

「……判りました」

「後で尾上か帰蝶座の前で落ち合いましょう。慶太郎をお願いね」

「お任せください。お律さんこそ典助をどうかよろしくお願いいたします」

頭を下げた六太に頷き返して、律は慶太郎を待たずに歩き出した。

八

六太にはああ言ったものの、なんと声をかけたものか律は迷った。

偶然見かけたには違いないから、気さくに名前を呼ぼうとするも、典造にも涼太にも明かせない悩みを抱えているのかと思うと臆してしまう。

近付けぬまままそっと後を追っていると、典助は広小路を離れて馬喰町（ばくろちょう）の方へ向かった。

看板や暖簾を見やる様子から、宿を探しているのだと律は踏んだ。

馬喰町には旅人や商人が使う手頃な旅籠が多いそうだが、十四歳の丁稚が泊まれるような旅籠はそうあるまい。

藪入りだからか、昼前だからか、人通りが少ないのは幸いだ。変な客引きに捕まらぬうちに声をかけねばと律が足を速めた矢先、典助は向かいから来た三人の男たちとすれ違った。

「おい、ちょいと待ちな」

男の一人が踵（きびす）を返して典助の肩をつかんだ。

「な、なんでしょう？」

「なんでしょう、じゃねぇや。てめぇ、今、俺の顔を見て笑ったろう？」

「め、滅相もございません」

「嘘をつくな。俺ぁちゃんと見てたんだ」

「ああ、俺も見た」

「俺もだ」

仲間の二人も口々に言って、典助を取り囲んでにやにや笑う。

揃いの着物からして、藪入りで遊びに出て来た店者（たなもの）らしい。九ツ前だというのに、どうやら三人とももう酒に酔っているようだ。

「嘘じゃないです。わ、私はなんにも……」

「言い逃れは聞かねぇぜ。そこの表の居酒屋までちと顔を貸せ。嘘だってんなら、一杯やりながら申し開きを聞こうじゃねぇか」

たかるつもりなのだろう。男は馴れ馴れしく典助の肩を抱いた。

「そいつぁいいな」

「そうだそうだ。一杯やろうぜ」と、仲間も頷く。

辺りを見回すも、さっと顔を背けた者や、面白半分に成り行きを見守る者のみで、頼りになりそうな者は見当たらない。

番人を呼びに行く暇もなさそうだった。

「典助さん！」

大きな声で呼んでから、律は小走りに典助のもとへ駆け寄った。

「こんなところで何をしているのです？」

「お——おかみさん」

驚き声で、だが機転を利かせたのか、典助は律を「おかみ」と呼んだ。

「家の者が待っているでしょうに——油を売っていないで、早くおうちに帰りなさい」

なんとなく佐和を思い浮かべながら——だが、佐和の貫禄には遠く及ばず、微かに声を震わせて律は言った。

「おかみさんねぇ……」

律を上から下までじっくり見つめて、からかい交じりに男がつぶやく。

「私どもは神田は川北の相生町、青陽堂の者にございます。あなたがたはどちらのお店にお勤めなのですか？」

「名乗るほどの者じゃねぇや。けど、おかみさんよ、店者の躾はしっかり頼むぜ。こいつときたら、通りすがりに俺たちのことを莫迦にしやがった」

「わ、私はそんな……」

「つまらない言いがかりはよしてください」

「言いがかりだと？」

「ええ」

佐和から借りた璃寛茶色の着物の袖口を小さく握って、律は言った。

「うちの者は、皆礼儀をわきまえております。通りすがりに人様を莫迦にするような真似はけしていたしません」

「ほおお、言うじゃねぇか」

男は怯むことなく鼻で笑うと、典助を放して代わりに律の腕をつかんだ。

「そんならもうちょい詳しく聞かせてくんな。これもまた何かの縁だろう。おかみなら酌の一つや二つでもしてくれよ」

「放してください！」

律は短く叫んだが、男はお構いなしに腕を引っ張った。二人の男も律の両脇に回り、薄ら笑いを浮かべながら、肩や腰に触れて律を押しやろうとする。

「おかみさん！」

振りほどこうと必死でもがいてみるも、大の男が三人もいてはとても敵わない。

「こら！　何をしている！」

典助が悲痛な声を上げたところへ、大音声がかぶさった。

のっしのっしと足早に向かって来る大男を認めて、男たちはさっと律から離れた。

「なんでもねぇです」

「ええ、ちょいと行き違いがありやして」

「そうそう、大したことじゃねぇんです」

やって来た男が六尺近いことも手伝い、三人の男たちはぼそぼそと言い訳がましいことをつぶやいて、愛想笑いと共に去って行った。

「大事はないか？」

「ええ。助かりました。どうもありがとうございました」

「ありがとうございました」

律と典助が頭を下げると、男は頷きながら微笑んだ。

「そらよかった。女子供を憂さ晴らしにするたぁ、とんでもねぇ。あいつらの奉公先には心当たりがあるからよ。残念ながら旦那は言って聞くような輩じゃねぇが、隠居は筋をわきまえたお方だ。隠居の方に俺の方から一言物申しておくから、どうか勘弁してやってくれ」

「そんな……お心遣いに感謝いたします」

重ねて礼を言うと、律は典助を広小路の方へ促した。

「あの、お律さん――」

「お宿を探しているのでしょう？」

典助を遮って律は問うた。

「それは……」

「よほどのことでしょうから事情は訊ねません。でも、こういった盛り場に近い安宿に一人で泊まるのは危ないわ」

実のところ盛り場も安宿もよく知らぬが、知ったかぶって律は言った。

「大事なお店の人を危ない目に遭わせる訳にはいきません。お宿なら心当たりが一軒あります。お代の心配はいりませんから一緒に参りましょう」

これもえらそうなことを言ったが、律の心当たりといえば近江屋しかない。近江屋は料理が旨いと評判で、それなりに値の張る旅籠であるが、手持ちの小遣いで足りねばつけが利くだろう。

浅草御門を抜けると、典助がつぐんでいた口を開いた。

「あの……私の方こそお律さんを危ない目に遭わせてしまって……女将さんや若旦那にも申し訳なく……」

「ふふ、いざとなればもっと大声で助けを呼ぶつもりだったけど、あの人が来てくれて助かったわね」

名前は聞かなかったが、近所の者のようだった。

「ええ。私は喧嘩はからきしして……面目ありません」

「私もよ」

典助の気を紛らわせるべく仲は微笑んだ。

「私も喧嘩はからっきし。でもうちは腕っぷしが売りの店じゃないもの。喧嘩なんてしないに越したことはないわ」

ちょうど二年前の今頃、塩屋で女将に邪険にされていた静という女のために、涼太が大立ち回りをしたことがあった。共に戦った忠次という絵師と二人して、ぷっくり腫れ上がった顔で帰って来て律は肝を冷やしたものだ。

「さようでございますね」

ようやく少しばかり安堵の表情を見せると、典助は自らゆっくりと語り始めた。

典助は九歳で父親を、十歳で母親を亡くし、弟と共に母方の伯父夫婦に引き取られた。伯父夫婦は小さな蕎麦屋を営んでいて、幼い娘が一人いるだけだったため、ゆくゆくは典助か弟のどちらかと娘をまとめて店を継がせようと考えたようだ。

「ですが、翌年、弟が流行り風邪で亡くなって、娘さんも何やら寝付いてしまいました。店はもともと人を雇い入れるほど大きくないし、娘さんの薬代もかかるから、私が店で働くよりも食い扶持が減る方がありがたいと……」

そうして典助は十一歳で青陽堂で奉公を始めた。

「藪入りに帰る度に、娘さんは元気になっていくようで安心していました。昨年は歳の離れた弟――伯父たちの長男も生まれて大喜びだったのですが……のちの藪入りに『もう帰って来るな』と言い渡されました」

「どうしてそんなことを？」

律の問いに典助は小さく唇を嚙んでから応えた。

「伯父たちは、私のことをずっと疫病神だと思っていたそうです。父母や弟が亡くなったのも、娘さんが寝付いたのも私のせいだと……ようやく授かった跡取りに何かあっては悔やみ切れない、年が明ければ十四歳でもう子供ではない、こちらは妹への義理は果たしたのだから、これからは一人でなんとか生きてくれと諭されました」

「何もそこまで……」

武家の男児がおよそ十五歳までに元服することを思えば、十四歳でも子供とはいえぬだろうが、「疫病神」などと思われていたのは典助には寝耳に水だった。

「父母の生前から伯父たちにはよくしてもらっていましたし、父に続いて母をも亡くして、途方に暮れていた私と弟を快く引き取ってくだすったんです。そう裕福でもないのに、弟と二人、いつも腹一杯ちゃんと食べさせてくれ、私はずっとその恩に報いたいと思ってきました。私には……私には自慢の伯父伯母だったんです」

声を震わせ、典助は袖口でさっと目尻を拭った。

これまでずっと、典造を始め、店の者たちにはそうささやかに自慢していたのだろう。親兄弟は亡くしたが、己には大事にしてくれる、大事にしたい伯父伯母がいるのだと……

「それなのに、『もう帰って来るな』と言われたなんて、典造にも言えなくて……みんなにも疫病神と思われたらどうしようかと……」

「そんなことありませんよ」

間髪を容れずにきっぱりと律は言った。

「典助さんが青陽堂にきて二年――ううん、三年近くになるのかしら。その間、青陽堂で亡くなったり、大病を患ったり、大怪我した人の話は聞いてないもの」

「でも、昨年は源之助さんたちが……」

「あれは断じて典助さんのせいじゃないわ。他の誰に訊いても応えは同じよ」

これもまたきっぱり言うと、典助は再び袖を目元にやった。

――皆それぞれ、何かしらあるものです――

佐和が涼太に言った言葉が耳によみがえった。

――皆を大事にしなければ店は成り立ちません――

「私は商売のことはよく知らないけれど、女将さんも旦那さんも涼太さんも、お店の皆さんを大事に思っています。そりゃもちろん本当の親兄弟のようにはいかないでしょうが、親兄弟の次くらいには――つまり伯父さんや伯母さんくらいには頼りになると思うんです」

私も、縁あって青陽堂の者になったのだから、涼太さんたちみたいにみんなを大事にしていきたい――

「女将さんたちだけじゃありませんよ。典造さんも六太さんも、典助さんを案じていたわ」

「六太さんも？」

「六太さんが広小路で典助さんを見つけたのよ」

律は手短にいきさつを話して典助も帰蝶座に誘ってみたが、典助は迷わず頭を振った。

「そこまで甘えることはできません。たとえ綾乃さんからのお誘いであっても、尾上は六太さんの大事な得意先ですから、余計な者が顔を出すのはよくありません」

六太への敬慕や気遣いもあろうが、店から離れたところで過ごすのも悪くなかろうと、律は無理強いしなかった。

浅草広小路の人混みを避け、一つ手前の道を西へ折れて田原町へ向かった。

藪入りで浅草は一層賑わっていて、近江屋も例外ではなかった。客間は全て埋まっているが、伶と泰介の厚意で奉公人の部屋に泊めてもらえることになった。

「相部屋になるけど、いつもより人は少ないから」

「ありがとう、お伶さん。恩に着ます」

家にも店にもいられない事情がある――と告げただけだったが、伶はすぐに察して、あれこれ訊かずに泰介や相部屋となる奉公人に話をつけに行ってくれた。

「こんなのはなんでもないわ。ああでも、掃除くらいは手伝ってもらおうかしら？」

「もちろんです。できることはなんでもお手伝いいたします」と、典助。

「そうお？　助かるわ」

典助を奉公人の一人に預けてしまうと、残った律へ伶は言った。

「なんなら一緒にお昼をどう？」

「それが、今日は綾乃さんのお誘いで出て来たの。ほら、一緒に帰蝶座を見に行こうって」

そのために浅草にまでやって来たのだと話すうちに、律は吐き気を覚えて厠へ立った。

朝方食したものをすっかり戻してしまうと少しはましになったものの、どんよりとしたむかつきはなかなか治まらない。

厠の外に出ると、伶が白湯を持って待っていた。

茶碗を渡しながら、不安と期待をないまぜにした顔で伶が問う。

「ねぇ……もしやおめでたではないの？」

「……そうかもしれません」

律も不安と期待を交えて応えると、伶はぱっと顔を輝かせた。

「まあ！　おめでとう、お律さん」

「でも、まだなんとも……」

「そうね。早合点は禁物ね。でもそうじゃないかと思うのよ。ねぇ、ちょっと待ってて。襟巻だけじゃ心許ないわ。袷羽織を貸したげる。身体が冷えたら大変だもの。ちょうどその着物に合いそうなのがあるのよ」

矢継ぎ早に言うと、伶は律の返事を待たずに小走りに廊下を渡って行った。

九

胃の腑が落ち着くのを待って、律が近江屋を出た時には九ツを半刻ほど過ぎていた。

浅草広小路の人混みの中、ようやく帰蝶座を探し当てると、残念ながら帰蝶はつい先ほど舞いを終えたばかりらしい。

新たな出しものに群がる見物客の中で慶太郎たちを探していると、やはり辺りを窺っていた六太がすぐに見つかった。

「よかった。――典助はどうしました？」

伶から借りた袷羽織を見ながら六太が問うた。

「なんだか家に帰れない事情があるそうで、今日は近江屋に泊めてもらうことになったわ」

「さようで。それなら安心です」

伶と同じく、六太も余計な詮索（せんさく）はせずに頷いた。

六太にいざなわれて、律は一座の裏方に回った。

幔幕（まんまく）に囲まれた舞台裏では、綾乃たちが帰蝶や手妻師の彦次と談笑していた。

「やあ、お律さん、ようこそいらっしゃいました」

まるで一座の者のごとく迎えて、彦次は律を帰蝶と引き合わせた。

中年増（ちゅうどしま）だという帰蝶は五尺五寸ほどと女にしては背が高く、己よりずっと落ち着いた、嫣然（えんぜん）とした美女である。

彦次さんが「大層乗り気」になる筈だわ——と、律は内心くすりとした。

護国寺に近い音羽町（おとわちょう）に住む彦次は、帰蝶に請われて英吉と松吉、それから帰蝶にも手妻を教えるようになったと聞いている。

「お噂はかねがね伺っております」

「私もお律さんのことは彦次さんからお聞きしましたよ。鞠巾着はお律さんが描いていらっしゃるそうですね。お上御用達の似面絵師でもあらせられるとか」

高くも低くもない、しっとり、しっかりした声が一座の長を感じさせた。

帰蝶に呼ばれて英吉と松吉も顔を出した。

顔を合わせるのは護国寺以来およそ三月（みつき）ぶりだが、二人とも護国寺で見かけた時よりずっと血色がよい。出しものの手伝いをするのに忙しく、ゆっくり話す暇はなさそうだが、二人の潑剌（はつらつ）とした様子は律を喜ばせた。

英吉と松吉が慌ただしく幔幕から出て行くと、綾乃が声を低めて問うた。

「野暮用だと六太さんは言っていましたが、実はお上の御用だったのではないのですか？」

興味津々に己を見つめる綾乃へ、律は苦笑しながら首を振った。

「いいえ、ただの野暮用です」

綾乃は微かに眉尻を下げたが、すぐに気を取り直して慶太郎の隣りにいた少年を呼んだ。

「直、お律さんにご挨拶なさい」

「直太郎と申します。昨年から尾上で奉公しております」

ぺこりと頭を下げた少年は幼顔で、慶太郎よりも一回り小さい。

聞けば直太郎は慶太郎より一つ年下の十一歳だという。

慶太郎も十歳で奉公に出たが、これは通常より幾分早い。世間では夕や市助のようにおよそ十二歳で家を離れる子供が多かった。

綾乃は事前に帰蝶に話を通していたらしく、握り飯のみだが律たちの分も昼餉の用意がされていた。「近江屋でいただいてきたから」と律が嘘をついて断った横から、慶太郎がおずおずと切り出した。

「お姉さん、お願いがあります」

「なんですか、改まって？」

「直に——直太郎さんに似面絵を描いてやってもらえませんか？」

「あ、いいんですよ、慶太さん」と、直太郎が慌てて止めた。

帰蝶座を見物する間に歳の近い二人は打ち解けたようである。

「お律さんがよろしければ、私も是非その腕前を見てみとうございます」

「うん、俺からもどうか一つ頼むよ、お律さん」

帰蝶と彦次からも頼まれて、律は日頃から持ち歩いている矢立(やたて)を取り出した。

帰蝶が別に用意してくれた紙と墨を前にして、律は直太郎に問うた。

「さ、誰を描きましょう？」

「あ、あの……」

「まずはおとっつぁんを描いてもらっちゃどうだい？」

努めて明るく言う慶太郎の声を聞いて、二親(ふたおや)ともうこの世の者ではないのだろうと律は踏んだ。

「じゃあ、あの、おとっつぁんを……」

ぽつりぽつりと、直太郎は父親の面立(おもだ)ちを語り始めた。

「おとっつぁんは板前(いたまえ)だったけど、目が鋭くて、やくざ者みたいな強面(こわもて)で」

眉が太く、やや高めの鼻に深めの人中、頬骨が出ていて顎が少し割れている――と、直太郎が思い出すままに描いていくと、細眉にぽってりとした鼻で愛らしい直太郎とはあまり似ていない強面の男が現れる。

「すごい！　おとっつぁんにそっくりだ」

ようやく子供らしい歓声を上げた直太郎に少しばかりほっとした。

が、似面絵を見つめる目がじわりと潤むのを見て、再び胸が締め付けられる。

「私はおっかさんに似ているそうです。『俺に似なくてよかった』っておとっつぁんはよく言ったけど、私はもっとおとっつぁんに似たかった……おとっつぁんは大きくて器用で喧嘩も強くて、在所ではみんなに頼りにされていました。でも、私はちびでおっちょこちょいで、みんなに莫迦にされてばかりで……」

「でも、直の手はお父さんの手に似ているわ」

すかさず言ったのは綾乃である。

「そりゃ直の手の方がずっと小さいけれど、ほら、節や爪の形なんかがそっくりよ。誰だって、お父さんとお母さん、どっちにもどこかしら似ているものなのよ」

似面絵を眺めながら、直太郎が袖で目尻を拭う。

「それから、外の者はうっちゃときなさい。うちの者は誰も直を莫迦にしたりしないわ。直がいろんな用事を片付けてくれるから、うちではとっても助かってるのよ」

微かに頷いた直太郎へ律は申し出た。

「おっかさんも描きましょうか？」

「い、いいえ、結構です。おっかさんは、その、よく覚えていないので……」

余計なことを言ったと思ったのも束の間、とりなすように直太郎は微笑んだ。

「でも、おっかさんの話はおとっつぁんからよく聞きました。顔立ちも人となりも」

「おれ――私も」

言い直しつつ、直太郎の隣りで慶太郎が言った。

「私もおっかさん――母のことはよく覚えていなかったけど、お姉さんからいろいろ話を聞いたよ」

微笑み合う直太郎と慶太郎を、六太も温かい目で見守っている。

三人とも皆もう両親を亡くしている。

律もそうだが、己の歳ならそう珍しいことではない。一昔前より長生きする者は増えたように思えるが、五十路（いそじ）はまだしも還暦を無事に迎える者はまだ限られている。

似面絵を覗き込んだ帰蝶が、感心した声で言った。

「流石、お上御用達の似面絵師さま。聞いただけで、ああもすらすら描くことができるとは驚きました」

無論下描きにそれなりに紙を費やしてはいるのだが、ひょんなことから似面絵を描くようになってもう二年余りが過ぎた。

「似面絵は大分慣れましたから。本職の方は今一つですけれど」

「今一つだなんてご謙遜を。鞠巾着の評判は、彦次さんからお聞きする前に耳にしておりましたよ」

にっこり微笑んで帰蝶は続けた。

「似面絵をお着物に描くことはまずないでしょうけれど、絵には違いありませんもの。どんな過去も修業もなんらかの糧になるものですわ」

妙々な舞いで名高い帰蝶だが、その出自は謎だと聞いている。それこそ、様々な過去や修業を経て今があるのだろう。

「さようでございますね。これからも精進して参ります」

律も微笑むと、横から彦次が口を挟んだ。

「帰蝶さんも、一つ似面絵を頼んでみちゃどうです？　親兄弟か、誰かその昔、想いを懸けた男の顔でも――」

「ふふ」

雅やかに小さく噴き出して、帰蝶は彦次を遮った。

「そうして私の昔を探ろうったって無駄でございますよ」

「ちぇっ。そうしていつまでも他人行儀なんだから」

「そんなことはございません。うちの者は皆、彦次さんのおいでをいつも心待ちにしております。もちろんこのわたくしめも」

「ちぇっ。ほんとに帰蝶さんは男を手玉に取るのがうまいや。――なぁ、六太？」

急に水を向けられて、六太が困った顔をする。

「はあ、まあその、仰る通りで……」

「なんでぇ、その気のねぇ返事は」

わざとらしく彦次がへそを曲げ、律たち皆の笑いを誘った。

十

やがて出番が回ってきた英吉と松吉の手妻を見てから、律たちは帰蝶座を後にした。

「他のお店も覗いてみましょう」

綾乃の言葉に慶太郎と直太郎が先導するように急ぎ足になり、二人の後を六太が追った。

「直に似面絵を描いてくださってありがとうございました」

少年たちの後ろ姿を見守りながら綾乃が言った。

「少しでも慰めになれば嬉しゅうございます」

「少々怖いお顔でしたが、直の父親は腕の立つ板前で、祖父がその味に惚れ込んで、わざわざ熱海から連れて来たんです」

綾乃の祖父には会ったことがないが、眠山という雅号を持つ粋人だと聞いている。

「熱海から？」

「ええ、湯治に行った帰りに」

だが尾上で働き始めてすぐに父親は、往来で数人に絡まれていた少年を一人助けた。

「なんでも同じ店の者が寄ってたかって、若い奉公人をいじめていたと……」

相手の男たちは逆上し、やがて他の通りすがりの者を巻き込んでの大喧嘩となった。

「腫れてはいましたが両手は無事だと、帰って来た時は喜んだのですが、大立ち回りの際に殴られたかぶつけたかしたようで……『頭が痛い』と翌日から寝込んでしまい、ほんの二日ほどで息を引き取ったのです」

母親はとうに亡くしていて、父親まで失った直太郎は、自ら尾上で働きたいと申し出たそうである。

「もともと、もう少し大きくなったらうちで雇おうと、ゆくゆくは父親と一緒に板場へと考えていたのですが、今すぐに、なんでもやるからと言ってきかないので、今はこまごまとした雑用をさせています」

料亭の尾上では板場の他の男の奉公人はごく少ない。また、板場の者を含め、皆、直太郎より年上で、藪入りに行くあても決まっているらしい。

「父親があういう亡くなり方をしたから、近所の子らは直を避けているようなんです。中には『やくざ者の子なのに意気地がない』などと陰口を叩く者もいるようで――まったく腹立たしい限りです」

憤然とする綾乃は健気(けなげ)で、心無い者たちへの怒りとは別に律を安堵させた。

「昨年の文月はみんな気が回らなくて……直も朝のうちにいなくなって、夕刻には戻って来たから、みんな誰かが連れ出したと思っていたんです。でも本当は、一人で大川沿いをぶらぶら歩いていたみたい。だから此度は私の伴として連れ出すことにしたんです」

「直太郎さん、嬉しかったでしょうね」

伴とはいえ、浅草では評判の綾乃と外出ができるのだから喜ばぬ筈がなかろうと思って律は言ったが、綾乃は眉をひそめて首を振った。

「いいえ。伴を持ちかけた後にこっそり窺ってみると、直は大層困っていました。もしもそうをしたら、私に恥をかかせてしまったら、皆に贔屓と思われたらどうしようかと……とんだお節介だったのです。私はちっとも判っていませんでした」

そう言って綾乃は束の間目を落としたが、すぐに顔を上げて律を見つめた。

「だから、今日はお律さんや慶太郎さん、六太さんが来てくだすって助かりました。殊に慶太郎さんとは歳が近いからか、直もとっても楽しそうで……似面絵も心から喜んでいたのが伝わりました」

「私どもも楽しんでおります。――ふふ、慶太郎はあの通りお兄さんぶるのが嬉しいようですし、六太さんも助かったようです」

「助かった……？」

恵蔵や六太の恵蔵への気遣いを話すと、綾乃はほっとした声で言った。

「それなら――少しはお役に立てたようでようございました。六太さんは機転が利くし、心遣いも細やかだから、きっとゆくゆく青陽堂にとってかけがえのない人になりますわ」

「ああ、それならもうとっくに」

律が応えると、綾乃は柔らかい、花が咲くような笑みをこぼした。

その六太は遠慮がちだったが、少年たちの興が赴くままに、律たちは出店の菓子をつまみ、見世物を見物して回った。

やがて七ツの鐘を聞くと、綾乃は律たちを尾上での夕餉に誘った。

「似面絵のお礼も兼ねて……家の方の座敷なら、そう堅苦しくもないですし」

以前、六太は涼太と共に、煎茶の淹れ方を指南しに尾上に出向いたことがあった。今日の直太郎ではないが、その時の六太もそそうを恐れて始終硬かったようである。「堅苦しくない」とわざわざ付け足したのは、六太の様子を見たか知ったかした綾乃の配慮だろう。

帰りは駕籠で送るとも言われたが、律は丁寧に断った。

涼太は律たちが夕刻までに戻ると思っているし、律は本調子でないゆえ、駕籠に乗ったらもれなく酔いそうである。

「お気持ちだけいただきます。もう充分遊びましたから……」

「私も店に戻ります」と、六太。「店に帰って明日の支度を手伝いとうございます」

「そうですか。それではまたいずれかの折にでも」

綾乃はあっさり引き下がったが、直太郎と慶太郎はやや残念そうだ。

「そんな顔するなよ」

慶太郎の方が先に笑って直太郎を小突いた。

「のちの藪入りも一緒に遊ぼう。そうだ、今度は直が神田に来いよ。浅草ほどじゃないけど、明神（みょうじん）さまの周りにも出店があるし、ちょいと足を延ばせばすぐ上野だ」

頷く直太郎と再会を約束して、律たちは帰路についた。

夕餉は六太は店に残っていた勘兵衛や他幾人かの奉公人と、律と慶太郎は涼太や佐和、清次郎、せいと一緒にとった。

夕餉の後は涼太に手伝ってもらって掻巻を長屋に運び、久しぶりに慶太郎と枕を並べた。

有明行灯を灯して横になると、慶太郎が問うた。

「……姉ちゃん、ほんとはお上の御用だったんじゃないの？」

「何が？」

「昼間の野暮用さ」

「あれは——ほんとに野暮用よ」

「ほんとにほんと？」

「ほんとにほんと」

薄闇に律が噴き出すと、慶太郎もふふっと笑った。

「そんならいいんだ。けどよ、姉ちゃん。無茶しちゃ駄目だよ。——野暮用でもさ」

さりげない声の中に、姉を案ずる心を感じた。

「無茶なんかしないわ」

「姉ちゃんは素人なんだからさ」

「判ってるわよ」

生意気言わないの——

付け足そうとした言葉を律はそっと呑み込んだ。

己が慶太郎の歳だった頃はまだ二親が揃っていた。

律はこの長屋で生まれ育って、一度もここから離れることなく嫁に——しかも長屋と続きの表店に——いったが、慶太郎は隣町とはいえたった十歳で奉公に出た。

己とは違う道で、おそらく幾分早く大人になりつつある慶太郎が、不安でもあり、頼もしくもある。

「明日からまた仕事だなぁ……」

「そうね」

「今日は楽しかったなぁ……」

「そう……よかったわ」

「うん、よかったよ」

他愛ない、つぶやきのごとき言葉を交わすうちに、律たちはほどなくして眠りに落ちた。

十一

翌朝、青陽堂での朝餉ののちに、律は慶太郎を佐久間町の一石屋まで送って行った。

一石屋の店主の喜八とおかみの庸、息子夫婦の喜久次と波、ちょうどやって来た通いの吾郎へとそれぞれ挨拶をして、とんぼ返りに相生町へ戻った。

長屋で仕事に取りかかろうと、まずは墨を磨り始めたところへ、典助の声がした。

「あの……ごめんください、お律さん」

「あ、典助さんね。お帰りなさい」

草履をつっかけて戸を開くと、典助とその後ろに典造の姿があった。

「あら、二人一緒なの？」

「ええ、その……一緒に帰って来たんです」

「寒いでしょう？　お入んなさい」

律は二人を招き入れたが、二人とも火鉢の傍までは上がらず、上がりかまちで膝を揃えた。

「あの、昨日はありがとうございました」

深々と典助が頭を下げた。

「近江屋ではとてもよくしてもらいました。みんな親身になってくれて、ご飯も評判通り絶品で……みんなお律さんのおかげです」

「ううん、お伶さんのおかげよ。ご飯も美味しかったのなら何よりだわ」

「それで……先ほど典造に話しました」

典助は今朝、朝餉を早めに済ませて近江屋を発ち、湯島横町の南の角で典造を待った。典造曰く、藪入りの次の朝はいつも同じところで待ち合わせて帰って来るそうである。

「いつまでも隠しておけることじゃないから……」

「私も典助に話しました」

言葉を濁した典助の横で、典造が恥ずかしげに切り出した。

「実は私も典助に――みんなに見栄を張っていたんです」

「典造さんも？」

「はい。私の家は八百屋（やおや）なんですが、その……表店でも間口はほんの二間で、みんなに言ってたような大きな店じゃないんです。野菜だけじゃ大きな店に敵わないから漬物も置いていて、兄は振り売りもやってます。それでも食べていくだけで精一杯で……あちこちに頼み込んで奉公先をお世話してもらったんです」

店は繁盛しているが、そっちは兄に任せて、私は別の商売を学ぶべく葉茶屋の青陽堂に奉公にきた――と、皆にはそんな風に話していたのだという。

今はもう大人に近い年頃となったが、奉公を始めた頃はまだ幼かったがゆえに、つい見栄を張ってしまったのだろう。また幼いなれば、親兄弟が実より大きく見えることもある。親元を離れ、世間を知ってから見えてくる真実もあるものだ。

けれども愛情まではそう変わらない――

そう、律は信じていたい。

――姉ちゃん、すごく絵が上手なんだよ――

初めて会った弥吉や清に、慶太郎はそう自慢した。

指南所では「お上御用達の似面絵師」とも言いふらしていたらしい。

あの頃の慶太郎はまだ十歳だったが、暮らし向きが理解できぬほど幼くはなかった。律が上絵師として鳴かず飛ばずでいたのは承知の上で、己のためだけでなく、姉のためにも見栄を張っていたのだろうと律は思う。

慶太が「嘘つき」にならないように、もっともっと精進しないと――

「次の藪入りは一緒に過ごそうって話してたんです。店に残って日中どこかへ遊びに行ってもいいし、その、二人でうちに帰ってもいいし。寝床は狭いし、家は漬物臭いけど……」

「でも、白飯と漬物はたんまり食べさせてくれるそうです」

「そ、それくらいしかうちにはないから……」

顔を見合わせて、典助と典造は同時に笑みを浮かべた。

「それは今から楽しみね」

「はい」

声を揃えて応えると、改めて礼の言葉を口々に述べて二人は店へと帰って行った。

下描きを終え、下絵を入れ始めてまもなく九ツが聞こえてきた。

昼餉を取りに青陽堂へ戻ると、廊下でばったり涼太と顔を合わせた。

「お律、ちょっとこっちへ……」

そう言って涼太は律を台所から離れた帳場の方へいざなった。

「どうしたの？」

「うん、その、なんだ。典助と典造が長屋を訪ねたそうだな？」

「ええ」

少々涼太をからかいたくなって、律は短く応えるだけにとどめた。

「それで……二人は一体なんと？」

「早くも次の藪入りをどうしようかって」

「それにしたって、どうして俺じゃなくてお律のところへ？」

若旦那の矜持からか、ややむくれた涼太が愛おしい。

「さあ、どうしてかしら？」

ふふ、と小首をかしげたところへ、ふいに吐き気がせり上げた。

涼太を押しのけるようにして律は駆けた。

「お律？」

廊下には昼餉の膳を持った奉公人が幾人かいて、驚き顔で律を避ける。

厠に飛び込み、ひとしきり戻してしまうと、追って来た涼太が戸の向こうからおそるおそる声をかけた。

「なぁ、お律。お前もしや……」

「そうみたい」

「えっ？」

「どうも、身ごもったみたいなんです」

「そ、そうか。そうなのか」

一瞬の沈黙ののち、慌てて佐和を呼ぶ涼太の声が廊下に響いた。

第二章　真情心中

一

如月（きさらぎ）も五日目となった。

朝のうちに池見屋に鞠巾着を納めて、寄り道せずに長屋に戻って来ると、向かいの佐久（さく）の家から粂（くめ）の声がした。

粂は薬種問屋・伏野屋（ふしのや）の、香の信頼厚い女中である。

香に何かあったのかと束の間不安になったものの、引き戸の向こうの笑い声にほっとする。

「お粂さん？」

「ああ、お律さん、お待ちしていました」

にこにこしながら粂が出て来る。

「そろそろお戻りになるだろうってんで、待たせてもらいました」

香はとうとう臨月を迎えた。

念願叶って授かった子供だけに、香も夫の尚介（しょうすけ）も用心深くなっている。

「外出はしてくれるなと旦那さまに言われていますし、お香さんも承知しています。今はもう、駕籠を使ってもこちらまではとても伺えませんから。ただ、ずっと家にいるのもそれはそれで不安なようで、ここは一つ、お律さんにご足労願えないかと思いまして……どうか伏野屋にいらして、お香さんを力づけてくださいまし」

無論、律に否やはない。

すぐさま青陽堂に伺いに行くと、佐和はあっさり頷いた。

「不安もあるのでしょうが、退屈しているのですよ。お律とおしゃべりできれば、多少は気が紛れるでしょう。――頼みましたよ」

「はい」

顔や声音は変わらぬが、最後の言葉に気遣いと佐和自身の不安を嗅ぎ取った。

悠長に構えているように見えても、娘の初産である。不安がない筈がない。

「お律も気を付けて行くのですよ」

「はい」

しかと頷いて、律は粂と共に伏野屋へ向かった。

如月に入って悪阻は大分落ち着いた。聞いていたよりも軽かったようで、周りの者にもそう言われたが、それでも何日も嘔吐が続いたのはつらかった。

先日、懐妊を知って涼太は慌てたが、佐和は――清次郎も――落ち着いたものだった。

――やれ、めでたい――

――ええ、年明け一番の吉報です――

そう言って二人して心から喜んでくれたのだが、佐和は淡々として付け足した。

――店の皆にはもちろん、裏の長屋や町の者には隠すことはありませんが、浮かれて吹聴して回るのはよしなさい――

もとよりそのつもりはなかったが、涼太を始め、皆にやっと明かすことができて、気持ちが高揚していたのは確かだった。

――あの、池見屋には知らせとうございますが……――

類よりも、千恵が喜んでくれるのではなかろうかと思って律は切り出した。

――そうですね。お類さんには知らせておいた方がよいでしょうね。いずれ仕事にも障りが出てくるでしょうから――

佐和に言われて律は慌てた。

ただでさえ五枚から三枚に減った鞠巾着を、更に減らされてはたまったものではない。

――し、仕事はちゃんと続けます。幸い私は悪阻もそうひどくないようです。家仕事ですから無茶はしませんし、産んだ後も、子守をしながらだって仕事はできます――

まるで類を前にしているがごとく言うと、佐和は律を一瞥して、やや呆れた声で応えた。

――悪阻がどうあれ、何が起きるか判らないのがお産です。仕事熱心なのはよいですが、せっかく授かった命ですから、まずは無事に産むことを考えなさい。その上で仕事のことはお類さんと相談なさい——

大声ではなかったが、有無を言わせぬ佐和の言葉に律はただ頷いた。

何が起きるのか判らないのがお産……

年末に一泊したため、年明けてから律は伏野屋を訪ねていない。涼太は年礼に顔を出しているが、懐妊を知るずっと前である。

折を見て香には打ち明けようと思うものの、迷いもあった。

香のことだから喜んでくれようし、すぐに知らせなかったことをかえって叱られそうである。だが、佐和が言ったように、香にはまず無事に産むことを考えて欲しい。

「お香さんなら平気と思っていても、これればかりは気がかりですね」

「そうなんです。もう、如月に入ってからみんな今か今かと待ち構えておりまして、大旦那さまも日に何度も伺いにいらっしゃいますし、あの峰さまや多代さままで……」

峰は香の姑、多代は小姑で、どちらも香が長らく懐妊しないことを理由に嫁いびりをし、尚介に離縁を迫っていた。

「そ、それは心休まりませんこと」

「まったくです」

大きく頷いたところをみると、粂も舅や姑、小姑に悩まされたのであろうか。

「でも、お粂さんがついていてくださるから、お香さんも私も安心です」

「そう仰いましても、これぱかりは……いざとなったら、湯を沸かすとか、声をかけるとか、大したことはできませんよ。ああでも、産婆さんは選りすぐりの方を頼んであります。ほんとにもう、それくらいしか――」

そんなこんなを道中で話しながら伏野屋に行くと、店先にいた手代が声を上げて手招いた。

「お条さん！　生まれましたよ！」

「えっ？」

条と二人して勝手口へ急ぐと、台所にいた女中も湯を沸かしながら顔をほころばせた。

「無事に生まれましたよ！　男の子です！」

「まあ！」

聞けば、香は条が青陽堂に発ってすぐにおしるし、破水と産気づき、あれよあれよという間に出産に至ったという。

「旦那さまが慌てて産婆さんを呼びに行かせて――産婆さんが着いて四半刻とかかりませんでした」

「なんとまあ……」

声を聞きつけたのか、尚介自らが台所に顔を出した。

「お律さん、上がってください。お条、湯が沸いたら持って来ておくれ」

「承知いたしました」

尚介に続いて廊下を渡り、律は初めて奥の寝所に足を踏み入れた。

「香、お律さんが来てくれたよ」

むっと生々しい臭いがして胃の腑が疼いたが、胸に手をやって膝を折り、律は寝床の香をそっと呼んだ。

「香ちゃん」

「りっちゃん……」

声は弱々しいが、微笑み返した香に安堵する。

枕元にはお包みに包まった生まれたての赤子が眠っている。

産婆が口元に人差し指をやるのを見て、律は囁いた。

「香ちゃん、おめでとう。聞いたわ、男の子だって」

「ええ、なんだか夢みたい……」

「私もなんだかびっくりしちゃって……でも、香ちゃん、おっかさんになったのよ」

「うん、りっちゃん……私、とうとうおっかさんになったわ」

香が目を潤ませるのへ、律も目尻に袖をやる。

「元気そうで何よりだけど、お疲れでしょう？　すぐにお暇するから、ゆっくり休んでちょうだいな」

「来たばかりじゃないの。私なら平気よ。そりゃ一時は死ぬかと思ったけれど、ほんとにいっときだったわ。まだちょっとお腹が痛いけど、我慢できないほどじゃないし……」

「もう、香ちゃんたら」と、律は苦笑した。「早く戻ってみんなに知らせたいのよ」

「そう――そうよね。みんな……母さまも父さまも……お兄ちゃんも驚くわね」

「間違いないわ」

太鼓判を押して腰を浮かせた矢先、ふいに強い吐き気が訪れて律は口元に袖をやった。

「りっちゃん？」

「こちらへどうぞ」

産婆が差し出した桶を引っ手繰るように奪い、香に背を向けて勢いよく戻したところへ条が湯を持って現れた。

「まあ……」

「ごめんなさい、香ちゃん」

「ねぇ、りっちゃん、もしかして――」

「ええ……どうもそうみたいなの」

「あれ、まあ」

条がつぶやく横で尚介もぽかんとしている。

寝床で香が泣き出した。

「香ちゃん？」

「嬉しいわ、りっちゃん……私たち、一緒におっかさんになれるのよ。私とりっちゃんと、この子とその子と……どっちも同い年になるんだわ。なんておめでたい日なのかしら」

「香ちゃん……」

声が震えて、律は言葉に詰まった。

「ええ」と、横から産婆が頷いた。「ほんにおめでとうございます」

穏やかな声とは裏腹に、てきぱきと湯に浸した手ぬぐいを律に差し出しながら、佐和よりも年上と思しき産婆は目尻の皺を一層深くして微笑んだ。

二

律が帰ると、青陽堂には一息に喜びが満ち溢れた。

佐和や清次郎はいうまでもなく、奉公人たちも皆、香の無事と伏野屋の跡継ぎ誕生を祝してやまない。清次郎の計らいで酒と一石屋の菓子が用意され、奉公人たちは好みに応じてそれぞれを夕餉の席で楽しんだ。

翌日は清次郎が自ら祝いの言葉と品を届けに伏野屋に赴いた。

外孫でも初孫である。清次郎ほどではないが、佐和も浮き立っているのが見て取れて律を微笑ませる。いつも通りに振る舞っているようで、ふとすると言葉や仕草、目元口元に隠し切れぬ喜びが滲むのだ。孫ができたのだからあたり前だと思う反面、こうした機微に気付くのは、佐和が己に心を許してくれている、つまり己と佐和が多少なりとも親しくなった証ではないかと律は嬉しかった。

香の出産から五日を経て、律は再び池見屋に向かった。

子供向けに描いた三枚の鞠巾着は、いつにも増していい出来に仕上がった。

四ツ過ぎに池見屋に着くと、雪永が来ていた。

「ああ、やっぱりもう来ちゃったのね」

律の顔を見た千恵が、何やら落胆した様子でつぶやいた。

「お邪魔でしたか？」

「それどころか、お律さんを待っていたところだよ」と、雪永が苦笑する。「さ、お千恵、お律さんに知らせておくれ」

「ええ、もちろん」

気を取り直して頷くと、千恵は律に微笑んだ。

「お着物の注文がきたのよ、お律さん！」

「まあ！　ありがとうございます」

「今から知らせに行くと意気込んでてね」と、類。「おそらく行き違いになるだろうからと、止めてたところさ」

これまた苦笑を漏らした類に、千恵は小さく頬を膨らませた。

「だって、せっかく約束したのに……」

千恵ががっかりした声を出したのは、雪永と一緒に律の長屋へ行くという約束がふいになったかららしい。

「いち早く知らせるとも言ったからね」と、雪永。

「……そうだったわね」

「出かけたかったのなら、後でどこへなりとも行くがいいさ。雪永が一緒なら安心だ」

「そう……ええ、それもいいわね、雪永さん？」

「うん。どこへなりともお伴するよ」

千恵に頷いてから、雪永は律の方へ向き直る。

「注文主は片桐和十郎というお人でね」

武士かと思いきや、役者――しかも女形だという。

律は芝居や役者をとんと知らぬが、和十郎はもう四十代も半ばで、細々とでも長らく歌舞伎にかかわってきた知る人ぞ知る役者だそうだ。

「もう半分隠居のようなんだがね、私は好きだよ、彼の芝居が。直弟子はとっていないが、他の役者の代稽古を請け負っていて、若い役者に教えることもしばしばだ。和十郎の名は一代で仕舞いにすると言っているが、なんとも惜しい気がするよ」

「さようで……」

「それで肝心の着物なんだが、どんな着物にするかは明かしてくれなかったんだ。出来てからのお楽しみだと言われてね。だから詳しい話は和十郎さんから聞いておくれ。和十郎さんは義理堅いお人でね。今までずっと一軒の決まった呉服屋からしか着物を買っていなかったんだが、昨年その呉服屋の旦那が急死したそうだ。隠居がひどく気落ちして、店を人手に渡してしまったんで、二代にわたっての付き合いはそれきりに、新しく違う呉服屋を探していたところだったと……近々池見屋を訪ねるそうだから、その時にまた言伝なりなんなりあるだろう。気を持たせて悪いが、もう少し待っておくれ」

「悪いだなんてとんでもない。ありがたいお話でございます」

鞠巾着を納めてから、律は話の種に香の出産や己の懐妊を打ち明けた。

「まあ！　おめでとう、お律さん」

弾んだ声の千恵に続いて、類と雪永からも祝いの言葉をもらった。

「お律さんには初甥ね」

千恵に言われて、改めて青陽堂に嫁いだ喜びが胸に満ちた。

両親が駆け落ち同然に夫婦になったため、律と慶太郎は双方の親類と疎遠に育った。父親の伊三郎が死したのちも親類を頼ることはなく、二年前の春に少しだけ母親の美和の叔母親子と顔を合わせたが、二人の住まいが王子ということもあって、祝言も文をもって伝えたのみだ。ゆえに、血はつながっていないものの、此度青陽堂を通じて新たな親類ができたことが律には感慨深い。

「次はお律さんの番ね。生まれてくるのはいつかしら？」

「おそらく長月(ながつき)になるかと」

「長月！　まだまだ先のことだけれど楽しみね」

「ええ」

千恵に微笑んでから、おそるおそる律は類を見た。

「あの……悪阻はもう治まりましたし、仕事に差し障りはありませんので。鞠巾着は三枚ずつ、これまで通りしっかりやります。もちろんこの着物の注文も」

「そりゃ今はやれるだろうさ。だが、そう安請け合いするもんじゃない」

ふん、と小さく鼻を鳴らして類は言った。

「悪阻なんて序の口だよ。もう少ししたらお腹が張ったり、寝付きが悪くなったり、腰が痛くなったり……最後まで、ううん、生まれてからだって後産やらなんやらあるんだから」

「そんな、脅すようなこと言わなくてもいいじゃない」

とりなす千恵に類は頭を振った。

「太平の世にあっても、こればかりは命懸けだ。何もけちつけようってんじゃないよ、お律。お前の心意気は買ってるさ。だがくれぐれも大事にするんだね。お前のためにも皆のためにも無理はするもんじゃない。まずは無事に産むことを考えるんだよ」

「はい……」

殊勝に頷くと、類の横に佐和が並んで見えた気がして、律はついくすりとした。

「何、笑ってんだい」

「あ、その、なんだかんだお類さんのお気遣いが嬉しくて……」

「ふん。まあいいさ。まずは和十郎さんが早くおいでになるといいね」

「はい」

千恵が淹れた茶を飲みながら、話はやがて花見に移った。

「私、またあのお着物を着て、今年は大川端のお花見に行こうと思うの」

あのお着物、というのは伊三郎が描いた桜の着物で、律は昨年、飛鳥山で初めて目にした。手込めにされて以来、人を避けて生きてきた千恵だが、千恵なりに少しずつまた世間に馴染んできたようだ。

「飛鳥山もよいですが、やはり花見は大川端の方が私は好きです」

「見頃になったら、桜か人かってくらい集まるからね。せいぜい迷子にならないように頼むよ、雪永」

「あら、お姉さんも一緒に行きましょうよ」

「そりゃ行くさ。けれども子守は雪永の役目だからね」

「子守だなんて、もう」

形ばかりむくれてから千恵は言った。

「お律さんも一緒にいかが？」

「私はきっと、お店のみんなと一緒に」

応えるうちに思い出して、律は着物の見立てを類に頼んだ。

かねてから佐和に言われたよそ行きの着物を仕立てようと思いつつ、遠慮してなかなかことに移せていなかったのだ。

懐妊しなくてもそろそろと考えていたことではあるし、子がいなくても己が涼太の妻なのは変わらない。だが身ごもったことで青陽堂との絆がより深まって、嫁としてようやく一人前になったような気がするのは否めなかった。

幼い頃から古着があたり前で、年頃になってからは母親のお下がりや形見ばかり着てきた律だ。呉服屋で仕立ててもらうのは初めてで、何やらむずむずとしてじっとされるがままにしているのが難しい。

「お客さまには、こちらの方がお似合いかと」などと、類がわざと莫迦丁寧に客扱いするものだから尚更だ。

類が見立てたのは菜種油色の無地の絹だった。その名の通り、菜種油のようなやや緑がかった、深みとくすみのある黄色である。璃寛茶色ほどではないが、やはり「茶」を思わせる色でもあった。

帯は白茶色で、織り出しの花唐草模様が入っている。色は地味だがうっすらと交じっている金銀の糸にそこはかとない華やかさがあるし、この帯ならば律の手持ちの素鼠、岩井茶色、吉岡染などの着物にも合わせやすいと思われた。

「花見までには仕立てておきますよ」

「もう、お類さん……よろしくお頼み申します」

着物を見立ててもらう間に、千恵と雪永は不忍池を回って、天王寺の南側にある新茶屋町の茶屋に行くことにしたようだ。

千恵は律も誘ったが、雪永の千恵への想いを知る身なれば、野暮はできぬと断った。

「早く鞠巾着を仕上げて、着物の注文に備えておきたいですから。今日は雪永さんとごゆっくり。また今度お話を聞かせてくださいな」

「ええ、また今度」

頷く千恵と笑みを交わして、律は池見屋を後にした。

三

此度も三枚の内二枚は子供の——女児のための注文だった。桜や朝顔などの花の他、櫛に手鏡、それからどちらもおそらく女児の干支（えと）と思しき兎（うさぎ）と鼠が所望されていた。

香ちゃんちは男の子だからいいけれど、うちはもしも女の子だったら、亥（いのしし）だと意匠に迷っちゃう——

浮き浮きとしてそんなことを考えるうちにするすると筆が進み、昼餉ののち一刻ほどで律は下描きを仕上げてしまった。

涼太は今日は一日中売り込みで留守だと聞いている。よって今井と二人で茶のひとときを過ごしていると、定廻りの広瀬保次郎（やすじろう）が十五、六歳と思しき少女を連れてやって来た。

「お律、似面絵を頼む」

「はい、広瀬さま」

平素の保次郎は今少し気安いのだが、「定廻り」の際は別である。

兄の代わりに定廻りとなる前は色白で書生然としていた保次郎だが、いまや足腰もしっかりしていて、同心の貫禄も充分だ。

少女の名はあきといった。

「母親が行方知れずだそうだ。ちと訳ありでな。此度限り、一枚二百文で描いてやってくれぬか？」

以前は頼まれれば請け負っていた似面絵だが、律の本分は上絵師だ。仕事に障りがないように、「お上御用達」として表向きは公儀の似面絵しか引き受けぬことになっている。

聞けば、あきは祖母と母親の三人暮らしで、母親は少々気が触れているらしい。

「母は自害を試みたことが幾度かありまして……自分を傷付けるだけならまだしも、見知らぬ人に刃物を振り回したこともあって……人様のご迷惑になる前に、なんとしてでも見つけたいのでございます」

家出は今までに何度もあって、都度、あきが住む上野の町からそう離れていないところで飲んだくれていたり、男とねんごろになっていたりしたのだが、此度はもう十日も行方が知れぬままだという。

「少し足を延ばして探してみようと思うのですが、そうなると母の顔かたちを伝えるのに似面絵があった方がよかろうと思いまして。昨年、定廻りの旦那さま方が似面絵を手に悪人を探しているのを見かけたことがあり……通りすがりに無理を言って頼み込んだのでございます。似面絵はお上の注文でしか描かないと広瀬さまからお聞きしましたが、どうかお願い申し上げます」

十五、六歳で嫁ぐ者もいるものの、歳の割にはしっかりした娘だと律は思った。

「承知いたしました」

手をついて頭を下げたあきに声をかけて、律は保次郎とあきの分も茶を淹れた。

今井が慣れた様子で文机を出し、律は己の家から筆を取って来る。

「お母さまの顔立ちをお聞かせください」

あきの言う通りに描き出してみると、細い眉に切れ長の目、皺はなく、鼻筋が通っていて律が思っていたより若く整った女の顔になった。

「私は父に似ておりまして……」

律の戸惑いを見て取ったのか、あきは恥ずかしげに言った。

あきはぎょろ目で、眉は太く、鼻は低く、お世辞にも美女とは言い難い。

「あ、いいえ。随分お若いように思ったものですから」

「母は早くに嫁いで、十六歳で私を産んだのです」

あきも思ったより若く、十四歳になったばかりだそうである。とすると、母親はまだ三十路前だ。若いと思ったのは本当だが、律にはもう一つ気になることがあった。

どうもあきの母親は、先だって太郎に渡した似面絵の女と似ているような気がするのだ。

娘から見た母親だからだろう。あきの母親の方が柔和な表情をしている。だが、目鼻や唇の造作がはんという女中が見かけた女と酷似している。

女が盗人一味だというのは濡れ衣だったと判明したが、宿を探しているようだったと聞いている。さすれば、はんの見かけた女があきの母親ということもありうると律は思った。

「お母さまはお名前はなんと仰るの?」

「仮名でなつと申します。母は夏に生まれたから祖父がなつと名付け、私は秋に生まれたから父があきと名付けたそうです」

「そうですか」

頷いてから、律は保次郎とあきを交互に見やって切り出した。

「あの、私、睦月に火盗に頼まれて似面絵を描いたのでございます。おなつさんはどうも、その似面絵の女性に似ているようなのですが……」

「か、火盗に？　もしや母は盗みを働いたのですか？」

「いいえ、それは違います」

慌てたあきに応えてから、律は太郎に頼まれた似面絵のことを、山田屋の名や跡取りが犯人だったことは伏せて話した。

「のちの火盗の調べでは、似面絵の方はただの通りすがりだったと判ったそうです」

「さ、さようで」

「ですが、似た面立ちの女性が浅草にいたことは確かです。その方は頭巾をかぶっていたそうで、髷や簪などは判らないのですけれど、お宿を探していたようだったと聞きました」

「……母かもしれません。母は昔浅草に住んでいましたから、浅草をふらふらしていてもおかしくありません」

はんが女を見かけたのは師走だが、慣れた土地ならなつが再び浅草を訪ねていることもあろう。

「それならお律の見た女だって、おなつさんかもしれないね」

横から今井が口を挟んだ。

「お律の見た女とは？」

「長谷屋の近くでやっぱり似面絵に——いえ、顔はしかとは見えなかったのですが、似面絵の女の人とよく似た格好をした人を見かけたんです」

保次郎の問いに応えて、律は今一度なつの似面絵を見やった。

「もしや火盗の探している女性かと思ったのですが、似面絵の女性は盗みにはかかわっていなかったと、小倉さまの遣いの方が教えてくれました」

「ふむ」

「着物は鉛色、熨斗目色といった灰色で、帯は濃紺や鉄紺といった紺色で——」

「母も似たような着物と帯を持っております」

勢い込んで言うあきへ、保次郎は落ち着いた声で言った。

「うむ、それなら似面絵やお律の見た女はお前の母親やもしれぬな。着物や帯はありきたりだが、なんの手がかりもないのなら、まずは浅草を探してみるのも手であろう」

「はい」

頷いてから、あきはおもむろに切り出した。

「……浅草といえば、昨年は尾上という料亭に盗人一味が押し込んだそうですね」

「うむ。だが、あの時も火盗が迅速に盗人どもをお縄にしたのだ」

世間では町奉行所と火盗改は不仲だと噂されているが、保次郎と小倉を知る律には信じ難い。勤め先は違えど、学友の二人は共に同心として切磋琢磨する仲良しだ。

「あの、噂では、表の青陽堂の人たちも一役買ったと聞きました」

「そうとも」と、保次郎は心持ち得意げに微笑んだ。「盗人どもの居場所を突き止め、盗まれた金を取り返すのに、あすこの若旦那と奉公人が随分よく働いてくれた。かくいうこのお律も『青陽堂の者』でな。お律の似面絵もまた、捕物に一役買ったのだ」

「さようでしたか」

あきが感心しながら己を見やるのが面映い。律には己の似面絵よりも、涼太や六太の活躍が上野でも知られているのが誇らしかった。

「お律さんも青陽堂の方と仰いますと、つまりその」

「お律と若旦那は幼馴染みでな。昨年、晴れて夫婦となったのだ」

「それはおめでとうございます」

「ありがとうございます。もう半年ほど前のことになりますが……」

似面絵が乾くと、あきは巾着から代金を取り出して差し出した。

若いあきから金をもらうのは気が引けたが、上絵だろうが似面絵だろうが「絵」を生業にしている律である。香や涼太から言われたこともあって、割り切って似面絵代を受け取ると、先に帰るあきを木戸まで送った。

「本当にありがとうございました」

「早くお母さまが見つかりますように」

あきは最後まで礼儀正しく、このように健気な娘が母親のために苦労していることに胸が痛んだ。

今井宅に戻って来ると、打って変わってくつろいだ顔で保次郎が微笑んだ。

「助かったよ、お律さん。おあきの家のことはよく知らないんだが、あの子には以前、上野で道案内をしてもらったことがあるんだ。あの通り、真面目で礼儀正しい子だからね……頼み込まれて無下にできなかったんだよ」

「いいんですよ。だって……包丁を振り回すような人なら、早く見つかるに越したことないですもの」

「うむ」と、今井も頷いた。「母親が誰も傷付けずに済むのなら、これもお上の御用のうちだろう」

「そうなんですよ。大事になる前に見つかればよいのだが、酔っ払って不忍池のほとりで眠り込んでいただの、男の家に上がり込んでいただのと聞くと、私どもが人手を割くのは難しく……」

言葉を濁して、保次郎は話を変えた。

「ところで、お律さん、おめでとう」

「えっ？」

「おめでたなんだってね。先日、町の者から聞いたよ」

「そ、そうでしたか」

「水臭いじゃないか。――史織も喜んでいたよ」

律の胸中を読んだように、保次郎は付け足した。

吹聴して回るなと佐和に釘を刺されたこともあるが、保次郎に打ち明けられずにいたのは律よりも先に嫁いだ史織が気がかりだったからだ。

霜月に、手込めにされて望まぬ懐妊をした女の話を聞いて史織は言った。

――望んでも授かれぬ者もいるというのに――

先に嫁いだといってもほんの二月ほどのことゆえ、史織も広瀬家でまだ一年も過ごしていないのだが、武家の者だけに律よりも懐妊の兆しがないことを気にしているようだった。

「ありがとうございます。でもまだ、なんだか信じられない時があって……」

「はは、そんなものかね？　こればかりは私にはなんとも判らぬからなぁ。そうそう、お香さんのところも無事に、しかも男児が生まれたそうで、伏野屋は無論のこと、お佐和さんや清次郎さんもさぞお喜びだろう」

「ええ、それはもう。授かるまでに長らく待ったからか、おしるしからはあっという間だったそうで、もうほんに驚きました」

新たに茶を振る舞いながら、律は五日前の出来事を保次郎に話した。

「そうかそうか。いやはや、お産は何が起きるか判らぬというけれど、予期せぬことでも悪いことばかりではないからなぁ……」

「まことに」

保次郎の言葉に今井が頷いて、律たちは再び香が母親になったことを喜んだ。

四

五日後、律が鞠巾着を納めに池見屋に出向くと、和十郎からの言伝があった。

「昨日の夕刻にいらしてね。出来次第だが、雪華の着物と同じく五両までは出してくださるそうだ。今日のうちにお伺いすると伝えておいたよ。ああでも、昼時は外しておゆき」

にやにやしながら類に言われて、律は今にも駆け出しそうな気持ちを抑えた。

寛永寺より三町ほど北の、御箪笥町にある一膳飯屋・富士屋で昼餉を済ませると、少しだけ南に戻って車坂町から東へ向かった。

寺院の合間をまっすぐ進んで歩いて行くと、やがて浅草寺が見えてくる。人混みを避けるために南側の田原町から浅草広小路への道を避け、浅草寺の北側を回って類に言われた猿若町を目指した。

猿若町は江戸の三座と呼ばれる森田座、市村座、中村座が揃っている歌舞伎と役者の町である。

言伝にあった市村座の稽古場を探し当てて和十郎の名を出すと、すぐに四十代半ばの細身の男が現れて、律を見るなり目を見張る。

「あんたが律太郎さんかい？」

「あの……ただの律です。上絵師の」

律太郎と呼ばれて面食らい、急いで「上絵師」と付け足した。

「うん？　上絵師の律太郎さんの遣いかい？」

「いいえ、私が上絵師の律です」

まじまじと律を見つめて、和十郎はふっと笑みを漏らした。

「どうやら雪永さんに担がれたようだな……それともなんだ、女形みたいにあんたも実は男なのかい？」

「い、いえ……」

和十郎曰く、雪永は律について「上絵師の律太郎」としか告げなかったという。

「池見屋の女将さんにも『律太郎』で通じたからよ。てっきり男だと思ってた。——とすると、女将さんもぐるだったのか」

「そのようですね」

「まんまと一杯食わされたな。まさか女の上絵師がいるたぁな」

女形の和十郎をからかった——という訳ではなく、「女」ということで妙な偏見を抱かれぬよう、雪永が気遣ってくれたと思われる。

ううん、それともちょっとはからかってみたかったのかしら——？

雪永や類のことだから、遊び心が無きにしもあらずだったろう。

「どうもすみません」

「何も謝るこたないよ」

「あの、女でも仕事はしっかりやりますから」

「うん、そいつは知ってるよ。雪華の着物を見たからな」

女だからと断られることはないと知って、律は胸を撫で下ろした。

稽古中の者に断って、和十郎は律を近くの長屋にいざなった。

和十郎の住む長屋は猿若町の端、聖天町との境にあり、家は律の仕事場と同じく二間三間と九尺二間より広い。

だが、上絵の道具がそこここにある己の仕事場とは違い、和十郎の家にはほんの僅かな家財道具しか見当たらない。

それとなく家を見回した律へ和十郎が言った。

「独り身にはちょいと広いがね。ほんのたまぁにだが、まだ舞台に立つこともあるんでね」

稽古場では指南役をすることが多く、己の稽古は主に家でしているという。

「この歳で、若いのに交じって稽古するのはどうもやりにくいんだよ」

飾り気なく言う和十郎に律の気持ちも和らいだ。

「お芝居のことはよく知らないのですけれど、和十郎さんは一代でおしまいにするには惜しい役者さんだと雪永さんが仰っていました」

「はは、ありがたいねぇ。まあ、足腰が利くうちは役者でいたいもんだが、これぱっかりはなぁ。人気商売だから、いくらやる気があっても客がつかなきゃおしまいさ。今だって、もっぱら若いのの指南役ばかりで、芝居の方の役は滅多に回ってきやしねぇ」

そう言いつつも和十郎が満更でもない顔をしたところへ、子供たちの声が聞こえてきた。

二つの声が交互に芝居の台詞を真似ている。高く弾んだ声からして、まだ十歳にもならぬ子供たちではないかと律は推察した。

流石、歌舞伎の町だと思わず笑みを漏らした律へ、和十郎が問うた。

「あんたも子供がいるのかい?」

「いえ、まだ……ですが、義妹のもとに男の子が生まれたばかりでして」

「そうかい」

「あの、私も実は身ごもっておりまして、今年のうちには生まれるかと……」

「うん? そうなのかい? あんた、身重なのかい?」

「はい」

「……そんなら、この注文はよしとこうか」

微かに眉根を寄せた和十郎を見て、律は佐和の顔を思い出した。

――浮かれて吹聴して回るのはよしなさい――

「あの、もう悪阻は落ち着きましたから、仕事に障りはありません。お気遣いいただかなくても結構です」

慌てて言ったが、和十郎は硬い顔をしたままだ。

もしや猿若町や役者には、己が知らぬ禁忌や験担ぎがあるのだろうかと、訝りながら律は付け足した。

「お着物の上絵はすぐに取りかかりますし、けしておろそかにはいたしませんから」

「そんなのはどんな仕事でもあたり前さ。ただなぁ……描いてもらおうと思っているのは彼岸花なんだ」

「彼岸花――ですか」

思わず躊躇いが声に出た。

「ああ。話に聞いた黒百合のように、彼岸花を裏に入れた袷を仕立てたいんだよ。だが彼岸花は弔いの花だから、赤ん坊を待ち望んでる妊婦にゃ縁起が悪いだろう」

彼岸花はその名の通り彼岸の前後が見頃の花で、死人花、葬式花、墓花、幽霊花、地獄花など死を思わせる異名を持つ。他にも「持ち帰ると火事になる」という言い伝えから火事花、根に毒があることから毒花または痺(しび)れ花などと呼ばれることもあり、世間では概(おおむ)ね「不吉」な花とされている。

束の間迷ったが、どんな注文もこなしてこそ一人前だと思い直した。

「是非、描かせてください」

「しかし、あんた」

「死人花なんていわれることもありますが、私は嫌いじゃありません」

むしろ他の花とは一味も二味も違う形や咲き方に、神秘を感じることがままあった。

「華奢(きゃしゃ)に見えてどこか怖い……でも、やっぱり見つめてしまうんです」

律の言葉を聞いて今度は和十郎がしばし黙ったが、硬い顔はそのままだ。

「……ただの弔いじゃないいんだよ。殺された倅(せがれ)を悼(いた)むための着物なのさ」

殺された――？

驚いたものの、律はすぐさま口を開いた。

「それなら尚更、私に描かせてくださいませ」

「うん？」

「私も父母を殺されました。委細(いさい)は明かせませんが、時をおいて、同じ不埒者(ふらちもの)に殺されたのでございます」

旗本の次男にして辻斬りなどの凶行を繰り返していた小林吉之助は、表向き「病」で既に死している。小林家は吉之助を内々に処分することで取り潰しを免れたと聞いており、全ては「他言無用」と言われていた。

「私はただの上絵師ですから、直に仇を討つことは叶いませんでしたが、お上のおかげで始末がつき、仇は既にこの世の者ではありません。ですが……父母はさぞかし無念だったろうと、今尚やるせなく思うことがままございます」

「そうだったのかい。それはご愁傷さまだが、なんだか羨ましくもあるな。私も仇を討ちたいのは山々なんだが……」

「もしや逃げられたのですか？　下手人の顔をご存じでしたら、私が似面絵をお描きいたします」

「似面絵？」

問い返されて、律は己が似面絵師でもあることを明かした。保次郎の名を口にすると、和十郎は感心した顔になり——それから苦笑した。

「そらありがたい話だが、似面絵は無用だよ。だって下手人はこの私——私が倅を殺したんだから」

「えっ？」

律が驚くと、和十郎は小さく噴き出した。

「冗談さ。ただ、私が殺したも同然だとは思っているよ。ちょうど倅と仲違いした折だったんでな……私がもっとしっかりしてりゃあ、あいつは死なずに済んだんじゃないかと、いつまで経っても後悔しきりさ」

「そ、そうでしたか」

「これも何かの縁だ、お律さん。ここは一つあんたに頼むとしよう」

「あ、ありがとうございます！」

「ああだが、何を描くかは雪永さんには内緒にしといておくれ。出来上がったのを見せて、驚かしてやりたいからよ」

「承知いたしました」

「春の彼岸には間に合わないが、秋の彼岸にはお律さんの着物を着たいもんだ。倅が殺されたのがちょうど彼岸花の見頃だった」

今からなら一月と待たずに仕上げてみせます――そう安請け合いをしそうになった己を律は押しとどめた。

元は椿の意匠をと頼まれた千恵の着物は、下描きをなかなか気に入ってもらえず、結句意匠を雪華に変えて、注文から仕立て上がるまでに二月余りもの時がかかったからだ。

「まずは下描きをお持ちします」

「うん、頼んだよ」

律が暇を告げて腰を上げた矢先、足音と共に男の声がした。

五

「和十郎さん、大変です！　藤丸さんが刺されました！」

「なんだって？」

戸口から覗いたのは、まだ十代と思しき若者だ。

「刺したのは奥田屋の旦那だそうで――」

律が知らないだけで「奥田屋」の屋号を持つ役者がいるのかと思いきや、日本橋の木綿問屋だそうである。

「藤丸ってのは小西藤丸っていう女形で、奥田屋の旦那の甚六さんは藤丸の贔屓客でな。このところ大分執心されていたようだが、まさか刃傷沙汰に及ぶとは……」

「何をそうのんびりと――奥田屋は逃げたままなんですよ！」

「そうなのか？」

「ええ。藤丸さんは悲鳴を上げるのがやっとだったみたいです。藤丸さんと奥田屋は二人きりで座敷で話していたそうで……弟子が悲鳴を聞いて駆けつけたところ、奥田屋は既に逃げた後で、藤丸さんが倒れていたと――腹に匕首が刺さったままで」

「奥田屋にはもう誰か向かったかい？」

「弟子が二人、連れ立って行ったと聞きました。ですが、まさか店には戻りませんでしょう。きっとまだ浅草にいるんじゃないかと、みんなで手分けして探すことになったんです。ただ、私や稽古場のみんなは奥田屋の顔をよく知りませんから、どうにも探しようがなく——」

男が困った顔をするのへ、律は申し出た。

「あの、入り用なら、その奥田屋の旦那さんの似面絵を描きましょうか？」

「そうだな……すぐに見つかりゃいいんだが、浅草ならいくらでも身を隠せるからな。念のため一枚描いてもらおうか」

巾着から矢立を取り出し、巻きつけていた数枚の紙を広げた。

「額はもう少しだけ広く、目尻もほんのりと下がり気味で……」

矢継ぎ早に和十郎から聞き出して描いた甚六は、三十代半ばの丸顔の柔和な男だった。

「こりゃ、広瀬さまがあてにする筈だ。まったく驚いたな」

「驚いたのは私もです。和十郎さんは、よくお顔を覚えておいでですね」

「うん。人の顔を覚えるのは得意なんだ。下手したら芝居の台詞よりも……」

和十郎は微苦笑を浮かべたが、すぐに顔を引き締めた。

「殊に甚六さんはよく覚えているよ。藤丸が舞台に立ち始めてすぐに、あれこれ訊かれたからな。のちに藤丸に橋渡ししたのも私さ。ぼんぼんのくせに真面目で、芝居見物くらいしか道楽がないと言っていたのに、よもやこんなことをしでかすとは——いや、真面目なお人だから思い詰めちまったのか……」

言葉を濁してから、和十郎は礼を言った。

「助かったよ。早速こいつをみんなに見せて回ろう」

表へ出ると、町はまだ騒然としている。

木戸の前で和十郎と別れると、律は猿若町を出て、六軒町から南へ歩いた。

五町も歩くと道が開け、左手には大川橋、右手には浅草広小路が見える。まだ八ツ半という刻限でもあり、橋も広小路も人通りが引きも切らない。

匕首が刺さったままだったのなら、甚六は返り血を浴びていないだろう。さすれば和十郎の台詞ではないが、一旦逃げ出せたら身を隠すのはそう難しくないと思われた。

保次郎から「人探しの才がある」と常々言われている涼太を思い出しながら、律はそれとなく左右の人混みを見回したものの、早々に諦めて家路を急いだ。

涼太さんほど人探しの才に恵まれて、運もある人は稀だもの——

同夜、寝所で猿若町での騒ぎを話すと、涼太は眉をひそめて言った。

「猿若町だけでも芝居見物の客がごった返しているからなぁ。その場で捕まえられなかったのは弟子たちには痛手だったな。しかし奥田屋の旦那が刃傷沙汰とは……」

涼太も歌舞伎は数えるほどしか見たことがないらしいが、藤丸の名は知っていた。また、青陽堂とはかかわりがなくとも、日本橋にある奥田屋も見知っているようだ。

「贔屓にしていた役者さんを刺すなんて、一体何があったのかしら？」

「そら、お前――いや、あすこは嫁も跡取りもいたような……？」

言葉を濁した涼太を見つめると、涼太は困った顔をして再び口を開いた。

「その、もしや奥田屋の旦那は男色だったのかと思ってよ」

「なっ……」

「ああ、男色ってのはつまり」

「な、男色くらい、知ってます」

驚いて言葉に詰まっただけで、男色が男同士の性愛を好むことだと律も知っている。

「そ、そうか。お律も知ってたか」

涼太が繰り返して言うものだから、余計に気恥ずかしくなって律は目を落とした。

和十郎に会うまで律は役者は浮世絵でしか知らなかったが、女形は役者によっては女よりも女らしいと聞いている。とすると奥田屋の甚六は藤丸を役者としてではなく、女――もしくはそういった男として惚れ込んでいたのやもしれない。

「まあ、ほんとのところは旦那に訊いてみなけりゃ判らねぇや。早いとこお縄になりゃあいいけどな」

翌日から律は鞠巾着を描く傍ら、彼岸花の下描きに勤しんだ。

藤丸が刺されたことは読売にもなったらしく、世間も涼太と同じく甚六の男色を疑っているようだ。藤丸は瀕死の状態で、甚六はまだお縄になっていないらしいが、律は藤丸や甚六のことよりも和十郎の息子の話の方が気になっていた。

――ただの弔いじゃないんだよ。殺された倅を悼むため――

――私が殺したも同然だ――

――いつまで経っても後悔しきりさ――

詳しくはとても訊けなかったが、和十郎の息子は一体誰に、どのように殺されたのか。

父母の仇討ちの話まで持ち出して得た注文だったが、香の出産や己の懐妊で浮き立っている今、彼岸花という「不吉」な花を思い浮かべるのは難しかった。

裏腹に鞠巾着は筆が乗って滞りなく進み、三日のうちに三枚とも仕上げてしまうと、律は先に香への贈り物にと考えていたお包みを描くことにした。

律はあれきり伏野屋を訪ねていないが、赤子は「幸之介」と名付けられたとのちに知らされた。尚介の父親にして香の舅が幸左衛門ゆえ、「幸」の字を祖父から、「介」の字を父親から取ることにしたようだ。幸の字を入れたことで、母親の香とも通じると尚介と香はご満悦らしい。

あの子も「こうちゃん」になるんだわ……

お包みに用いた意匠は干支の亥だ。三巾四方の布の四隅に、一、二、三匹の瓜坊を拳大の大きさに収まるように描いた。

鼠と子鹿をかけ合わせたような愛らしい瓜坊に、香の枕元で恐れ知らずにすやすやと眠っていた赤子を思い重ねて、律は描いている間に何度も顔をほころばせた。

お包みを仕上げた翌日は鞠巾着を納める日で、律は朝のうちに池見屋を訪ねた。

長居も寄り道もせずに帰って来ると、昼を挟んで一刻半ほど彼岸花の下描きに費やしたが、どれも今一つ気に入らない。

八ツの捨鐘(すてがね)が鳴り始めると、隣りから今井が呼んだ。

「お律、一服どうだい？」

「伺います」

前は今井宅にほぼ日参していた涼太だが、年明けから多忙な日々が続いていて、近頃は三日に一度顔を出せばよい方だ。月番だからか、保次郎もあきと訪ねて来て以来見ていない。

「だが、お律も腕を上げたからなぁ」

そう今井が言うのは煎茶の淹れ方だ。

「涼太さんからしっかり習いましたから。それに、先生のところは大体同じお茶ですもの」

茶葉によって少しずつ淹れ方が違うものの、今井の家の茶葉は町の指南所の師匠を務める今井への礼として青陽堂から贈っているものだ。

二人分の茶を淹れると、今井と二人で茶碗を手にして微笑み合った。

「うん、いい香りだ。茶も、風も」

「ええ」

春分を過ぎ、開けっ放しにしている戸口から春めいたそよ風が時折舞い込んでくる。

ゆっくりと茶を含みつつ、しばし迷ってから律は切り出した。

「あの、先生。ちょっとお訊ねしてもいいですか？」

「なんだい、お律？」

「あの……涼太さんには内緒にしておいて欲しいんですが」

「涼太にも？　一体何ごとだい？」

珍しく驚きを露わにして今井が問うた。

雪永には内緒にしてくれと言われた手前、千恵はもちろん、類にもまだ着物の意匠を明かしていない。また、和十郎の「縁起が悪い」という言葉がどこか引っかかっていて、涼太にも注文を受けたことは話していても、意匠は「内緒」だと告げていた。

「そんな大した話じゃないんですけど——」

だが周りの長屋に聞こえぬように、律は幾分声を低めた。

「先日頼まれた着物なんですが、実は意匠が彼岸花なんです」

「彼岸花か。それは珍しいな」

「亡くなった息子さんを弔うために仕立てたいんだそうです」

殺されたとは流石に言えなかった。

「だからその、そう変な注文じゃないんです。彼岸花は嫌いじゃないですし、私も身内を亡くしているからお気持ちは判らないでもありません。でも、なんだか気が乗らなくて……」

「まあ、鞠巾着のようにはいかないだろうな。お律は懐妊、お香は出産とめでたい話が続いたが、お律もお香もまだこの先しばらく大事にせねばならぬしな。和十郎さんとやらが『縁起が悪い』いったのも頷ける。彼岸花は『捨て子花』ともいうしなぁ」

「そうなんです」

我が子の死を己の責としている和十郎には言えなかったが、彼岸花には捨て子花という異名もあって、これは「葉見ず花見ず」ともいう別の異名と由来を同じくしている。彼岸花は秋に花咲く時には葉が見当たらない。葉は花後に花茎がなくなると生えてくるのだが、花が咲く秋がくる前に枯れてしまうのだ。ゆえに葉を親に、花を子に見立てて捨て子花——親を見ることの叶わぬ子——という名がついたといわれている。

「だが、お律も知っての通り、彼岸花は『曼殊沙華』ともいうからね。曼殊沙華の由来は知ってるかい？」

「ええと、仏さまの教えの中にあったような……？」

うろ覚えで小首をかしげた律へ、今井が微笑を漏らした。

「うん。梵語では『赤い花』を意味する言葉だそうだが、釈迦が説法した折に天から贈られた四華の一つだ。ゆえに曼珠沙華には『天上の花』という意味もあるといわれている。天上というとついあの世を思い浮かべてしまうだろうが、天に咲く四華は吉兆で、めでたい折に天から降ってくるそうだ。さすれば、そう不吉でも縁起が悪いとも思わぬだろう？」

「そうですね」

今井の話に律は大きく頷いた。

「そもそも彼岸も悟りの境地――つまり極楽浄土を表す言葉で、縁起が悪いどころかその反対だと私は思っているよ。彼岸会の法要だって、けして不吉なんかじゃない。ご先祖さまに感謝を捧げ、供養や善事を行う大切な行事じゃないか」

「ええ、まさしく」

「それに、今だからこそいいものが描けるやもしれないよ」

「今だからこそ？」

「お律はお美和さんや伊三郎さんの死を乗り越えてきた。そして今、ちょうど新しい命を授かったところだ。お律自身も、友のお香にも……命の尊さをより知っている今のお律にならいい彼岸花――いや、天上の花が描けるんじゃないかと思うんだ」

律は指南所に通う前から――生まれた時から隣人として今井に親しんでおり、二親が亡くなってからは殊更頼りにしている。手習い指南所で師匠を務めている今井は、律や涼太を含め、町の者からは親しみを込めて「先生」と呼ばれている。

そんな今井の言葉はいつもながら落ち着いていて、温かく、律の憂いを吹き飛ばすのに充分だった。

新たに淹れた茶と共に世間話にひとときを咲かせると、律は八ツ前とは打って変わって上機嫌で家に戻った。

六

今井と話したのちから翌日の夕刻まで、律は彼岸花の下描きに勤しんだ。

彼岸花は天上の花。

おめでたい折に天から降ってくる吉兆。

彼岸は煩悩を脱した悟りの境地。

迷いや苦しみのない極楽浄土――

百合の着物は野をゆくごとく、咲くがままの百合を主に腰から下に描いた。

だが、此度は天に咲く、または天から舞い降りてくる花を思い描き、茎は省いて原寸大の花のみを一面に――袖の裏にも入れることにした。

鞠巾着も早めに仕上げてしまい、いつもより一日早い昼下がりに律は池見屋を訪ねた。

千恵の誘いを断り、座敷にも上がらずに鞠巾着を納めると、今度は一路猿若町へと向かう。

稽古場に着くと、和十郎は皆に断って律を長屋へといざなった。

「ちょうど一息入れようと思っていたとこだったんだ」

「それはようございました」

着物全体を描いた下描きの他、花の大きさが判るよう、二、三の彼岸花を散らした下描きを取り出して並べた。

和十郎は二枚の下描きを、交互にしばし見つめてつぶやくように言った。

「いいな」

和十郎がにこりともしないゆえに律は戸惑ったが、そんな律を見て和十郎は微笑んだ。

「これでいい。殊に袖の裏まで描こうってのが気に入った」

「そうですか」

「ああ。それにこの着物を着れば、なんだかこう……一面の花の中に寝転んでいるような心地になれそうだ」

まだ下描きのみとはいえ、心から——しかも一度で——気に入ってもらえたと知って、律は胸を撫で下ろした。

「お気に召していただけたようで、ほんにようございました」

「うん。仕上がりが今から楽しみだ」

下描きを律に返してから、和十郎は切り出した。

「藤丸を刺した甚六さんだが、まだ捕まっていないんだ」

「そうですか」

「あの似面絵は大層役に立っているよ。絵心のある者に写しを描かせて、一座を挙げて深川や品川辺りまで訊ねて回っているところだ」

「さようで」

甚六が逃げたままなのは困ったものだが、似面絵が役立っているのは喜ばしい。

「藤丸さんは一時はなんとかなりそうだったが、傷口が膿み始めちまって床に臥したままなんだ。それで弟子たちが仇討ちだのなんだのと、物騒なことを言い始めてな。厄介なことにならないうちに見つかるよう祈っちゃいるんだが……」

新たな刃傷沙汰が起これば一座の名に傷がつきかねない。藤丸はまだ生きていて、弟子たちは士分でもなく、仇討ちの免状もない。よって、殴る蹴るだけならまだしも、万が一死に至らしめてしまったら、たとえ仇討ちだと主張しても認められるとは思い難い。

「それは困りましたね」

「そうなんだ」

小さく頷いてから、和十郎は再び口を開いた。

「噂は聞いていると思うが、甚六さんは男色でな」

「や、やはりそうだったんですか」

「うん。とはいえ、表向きはずっと隠していたんだ。甚六という名が表す通り、甚六さんは奥田屋の六代目だ。男色を表沙汰にして己が店を潰すようなことになっては困ると、親兄弟や奉公人たちを慮(おもんぱか)って、男色はひた隠しにして妻を娶(めと)り、子をなした」

「だから、お嫁さんも跡取りも――」

涼太の言葉を思い出しながら律はつぶやいた。

「そうなのさ。その跡取りが五年前に十五になって、いっぱしに若旦那と呼ばれるようになったんだ。これで奥田屋も安泰だと安心したってんで、店を抜け出しての観劇が増えた折に藤丸に目を留めたのさ」

甚六は今年三十八歳、息子はちょうど二十歳になった。

初めはただ藤丸の出ている演目に足繁く通い、時には祝儀を贈る一贔屓客だったのだが、二年ほど前を境に酒の席や旅籠に呼び寄せるようになったという。

「甚六さんは更に金を積んで、藤丸の『旦那』になりたがっていた。藤丸はそこそこ人気だが、一座の看板というほどじゃねぇ。年々芸はよくなってきていたんだが、昨年三十路になって役者としてはちととうが立ってきた。やつなりに先行きに不安を覚えたんだろう。贔屓客を無下にはできねぇと、藤丸はこの二年ほど甚六さんの誘いに乗ってきた」

「それは、その……」

「まあその、時にはそっちの相手を務めることも……それで甚六さんは舞い上がっていたが、藤丸の方はそうでもなかった。客との閨ごとなんて、相手が女だろうが男だろうが、そう珍しいことじゃねぇ。情がなくもなかったろうが、藤丸のそれは贔屓客へのただの人情――甚六さんの恋情とは大違いさ」

だが、閨を共にするようになって、甚六はますます藤丸にのめり込んでいった。

「女形が男色とは限らねぇのにな……そりゃそういうのが少なくないし、まったく男を知らない女形なんてまあいねぇがな。けれども男色とはまた違うんだ。ああいうのは役者にとっちゃ、ご贔屓のご機嫌取りか芸の肥やしで、男と女、どちらと一緒になりたいかと問われれば、女だと応える者の方が多いだろう。男同士じゃ跡継ぎもできやしねぇし……」

和十郎が伝え聞いたところによると、刃傷沙汰に至った理由は甚六がことの二日前に夫婦の契をせまったかららしい。

「跡取りもしっかりしてきて、もう店を任せても危なげないゆえ、私は夏には隠居しようと思う。大川端に家を見つけてきたから、近々そこで杯を交わして一緒に暮らそう――ってなことを切り出されたんだと。藤丸は流石にこれはまずいと思って、手前にその気はないと告げたところ、甚六さんに詰め寄られたそうだ」

――その気がないとはどういうことだ？　私を騙したのか？――

――騙しただなんて……私は女形です。男に肌身を許すのも芸のためでございまして、妾になりたいからではないのです。そのことは甚六さんも先刻承知と思っていました――

「先刻承知していても、旦那の中には我こそはとあてにする者もいる。また、そう思わせるのが腕の見せどころだと言う役者もな……」

甚六は一旦引き下がったものの、二日後に匕首を懐に忍ばせ再び藤丸のもとに現れた。

「ぼんぼんのくせに本当に飾り気のない——ああ、身なりじゃなくて、人柄が——穏やかなお人だったんだ。あの甚六さんがあんなことをしでかすたぁ、私はなんだか今でも信じられねぇや……」

七

指南所を出ると、今井直之は散歩がてらに上野へ向かった。

久方ぶりに友人にして医者の春日恵明を訪ねてみたが、あいにく恵明は多忙で二言三言話しただけで今井は早々に暇を告げた。

寛永寺を詣でたのち、戻り道中で茶菓子でも買おうかと菓子屋の前で足を止めたが、今日は律が猿若町まで出かけたことを思い出して再び歩き出す。

長屋に帰ると、鼠色の袖頭巾をかぶった女が一人、木戸の名札を見上げていた。

「どなたかお探しで？」

今井が声をかけると、女はちらりとこちらを振り向き、だがすぐに小さく頭を振って顔を背けた。

「いえ、人違いです」

つぶやくように小声で言うと、女はそそくさと去って行った。

「先生、今のは誰ですか？」

今井が振り向くと、店から出て来たばかりらしい涼太が立っている。

「そりゃ私が知りたいよ。人違いだと言っていたが、どうも見覚えがあるような……涼太はどうだい？」

「どう、と言われましても、顔はまったく見えなかったんで」

「そうか」

「お二人さん、どうかしましたか？」

そう、声をかけてきたのは保次郎だ。

三人連れ立って木戸をくぐり、涼太が手際よく火をおこして鉄瓶をかけた。

「猿若町でお律さんが似面絵を描いたと聞いて、その礼を兼ねて寄ってみたんだが、そうか、お律さんは今日も猿若町に」

小西藤丸という女形を刺した男はいまだ見つかっていないそうだが、律の描いた似面絵は探索に役立っているようだ。

「二日ほど馬喰町の旅籠に泊まっていたようです。その後の行方はつかめていませんが、似面絵があるとないとじゃやはり違いますよ」

「お律は本当に上手になったからなぁ。ああいや、似面絵だけじゃなく、上絵も煎茶も」

「そんな取ってつけたように言わねぇでくださいよ」

「そうそう。上絵は言わずもがな、煎茶は――少なくともここの茶は、もう涼太と遜色ないよ。ねぇ、先生？」

「うん、うちの茶葉だと違いが判らぬな」

「そら、教えた甲斐がありやした」

「そのうち茶の湯も教えるんだろう？」と、保次郎。

「そいつは親父の仕事でさ」

「清次郎さん直伝か。羨ましいな」

「なんなら、広瀬さんもご一緒にどうですか？」

「そうだなぁ、非番の月になら……」

涼太と保次郎の他愛ないやり取りを聞くうちに、今井はふと先ほどの女を思い出した。

そうだ。袖頭巾といえば――

束の間顔を合わせただけだが、女の整った目鼻立ちは見て取れた。

鳶色の着物に鈍色の帯を締めていて、頭巾の色も鼠色だったが、半月ほど前に律が描いた似面絵に似ていた――ような気がしないでもない。

「広瀬さん、先日のおなつさん――おあきの母親はどうなりました？」

「ああ、おなつさんなら無事に見つかったそうです。あれからすぐのことでしたよ」

「そうでしたか」

「あれもお律さんの似面絵のおかげです。浅草で見せて回ったら、二日と経たずに見つかったと、先だっておあきが教えてくれました」

「やはり浅草に？」

「ええ。男と二人で遊び回っていたようで……しかし、先生、何か気になることでもありましたか？」

「先ほど表に袖頭巾の女がいたんだよ。ちらりと見ただけなんだが、どこかで見たような気がしてね。今、ふとおなつさんを思い出したんだが、涼太と違って、私はもうあの似面絵の顔もうろ覚えでね」

着物の色や、女が「人違い」だと言って去ったことを話すと、保次郎が苦笑した。

「年明けから袖頭巾の女に悩まされてばかりですな」

「はは、そうですな」

「人違いってこた、誰かここの長屋の者と同じ名の者を探してるんでしょう」

顎に手をやって涼太が言った。

「名前を頼りに訪ねてきたが、職が違ってたってとこでしょうか？」

長屋の木戸の上には店子の名札がかかっており、居職は名前の上や横に職を記していることが多い。

「だろうなぁ……」

「そんなに気になりやすか？」

からかい口調で涼太が言った。

「そんなら俺も見てみたかったや。――そうだ。おなつさんって母親は、田原町で六太をつけてたかもしれねぇ女にも似てるんでしょう？　だったら、さっきの女は六太を訪ねて来たのやもしれませんぜ？」

「六太を？　……いや、まさか。一目見ただけだが、中年増には違いなかった」

「恋心とは限りやせんぜ。たとえば、そうだな……生き別れたか、亡くなったかした弟にでも面影が似ているのやもしれません」

「うむ。それならありうるな」

「初恋の男に似ているということも……」

「うむ。それもありうるな」

「ははは、涼太は推し当てても冴えてるからなぁ。ここは一つ町の者たちのために――」

「御用聞きはご勘弁を」

「むぅ」

いんでさ」

「年明けてから、なんだか客が増えてきましてね。近頃はこうして一服するのもままならな
「よいことではないか」

「ええ。ありがたいことです」

涼太と保次郎のかけ合いを聞きながら、今井は今度はあきの言葉を思い出していた。

――見知らぬ人に刃物を振り回したこともあって……人様のご迷惑になる前に、なんとしてでも見つけたいのでございます――

おなつさんが見つかったのはよかったが、いい歳をした大人なれば、家に縛りつけておくこともできまい……

見ず知らずのなつと共に、しばらく忘れていた兄のことも思い出される。

博打にはまって家財を売り飛ばした兄が、藩の金にまで手を付けようとしていたことが知れて、今井家は取り潰しの憂き目に遭ったのだ。

取り潰しになったのち、兄と母親は相次いで病で亡くなった。兄への同情心は今をもっても微塵もないが、母親を想うと胸が痛む。

――直之、どうか堪忍しておくれ――

母親は兄の不始末を己が責として、病床にて既に亡き夫や今井に詫び言を繰り返しながら亡くなった。

――子がどう育つかは親にも判らぬ。

子供が親を選べぬように、親もまた子供を思い通りにはできぬのだ……

なつはきっとまた逃げ出すだろうと、今井は思った。

またどこかで飲んだくれるか、男と戯（たわむ）れるか、刃傷沙汰を起こすかして、あきに苦労をかけるのだろう。

兄が先に死した時、微かに――ほんの微かにだが母親が安堵の表情を見せた気がした。

兄に続いて病に倒れ、しばし寝たきりで苦しんだものの、死に顔はどこか穏やかだった。

あきの健気な顔や言葉を思い出しながら、己や母親のように「死」が救いとならぬよう今井は祈った。

八

猿若町からの帰り道、律は浅草広小路に立ち寄った。

帰蝶座を覗いてみようと思ったのである。

舞台では軽業師が芸を披露していた。周りの者たちの話から察するに、残念ながら今日の帰蝶の出番はほんの四半刻ほど前に終わってしまったようだ。

それなら長居はせずに帰ろうと踵を返すと、ほど近いところにいた六太と目が合った。

「あ、六太さん」

呼んでから、六太の傍らの赤子を抱いた女に気付いた。

「こちらは、私の勤め先の若おかみさんです」

「律と申します」

「お律――さん？」

戸惑い顔で問い返してから、女はすぐに付け足した。

「私はその、ただ道をお訊きしていたところだったんです」

「そうだったんですか」

「この方はご親切に教えてくだすって……あの、お店の方をお引き止めしてすみません」

見世物をのんびり見物していたなどと、勤め先の「若おかみ」に六太が誤解されては気の毒だと思ったらしい。もとより六太を疑ってはいないし、多少寄り道したところで佐和も涼太も目くじら立てるようなことはあるまい。だが、女の気遣いは律を微笑ませた。

「お役に立てたようで何よりです」

「ああ、それで」と、六太が口を挟んだ。「この方の行き先は尾上の近くらしいのです。すぐそこですし、ご案内しようかと」

後は店に戻るだけだと言うので、律も同行することにした。

女が抱いている赤子はまだ一、二歳だと思われた。

律が覗くと、赤子もつぶらな目でこちらを見つめてくるのが愛らしい。

「ほんに愛くるしいこと」

律が顔をほころばせると、女も嬉しげに頷いた。

「さっきまでぐずってたんですが、やっと機嫌が直ったみたいです。ねぇ、うの吉や？」

「うの吉というお名前なのですね。宇治の宇かしら？　卯月の卯かしら？」

「あ、うのは仮名で吉は吉兆の……」

「ふふ、うの吉さん、おっかさんとお出かけ、仕合わせね」

律が話しかけると、うの吉はやや目を細め、口角を上げて応えた。

「まあ、もうお話が判るのね。かしこい子」

「言葉はまだですけど、気持ちは伝わっているようで」

「ぐずっていたのは、お母さんが道に迷っていたからかもしれないですね」と、六太。

「そう……かもしれません」

話すうちにすぐに尾上が見えてくる。

「あら、六太さん、どうしたの？　お律さんまで──」

ちょうど表に出て来た綾乃が目を丸くした。

「もうとっくにお帰りになったと思っていました」

「ちょっと道を訊ねられまして……」

六太は既に尾上に寄った後だったらしい。

「あの、もう大丈夫です。ここからなら判ります」

律たちにちょこんと頭を下げて、女はそそくさと尾上の向こうの角を折れて行った。

女の姿が見えなくなると、おもむろに綾乃が切り出した。

「そういえばお律さん、山田屋の盗人の似面絵もお描きになったそうですね？」

「山田屋……？」

問い返して、それが浅草今戸町の旅籠の名だったと思い出した。

「ええ、火盗に頼まれまして」

「あれからとんと話を聞きませんけれど、盗人の行方はまだつかめていないのですか？」

「そ、それは――私には判りかねます」

というのは嘘で、金を盗んだのは跡取りだったのだが、律には他言できぬことである。

「そうですか……」

赤子とはまた違うが、やはり愛らしい面立ちの綾乃が探るようにじっと見つめるものだから、律は内心たじたじとなった。

「盗人が跋扈していては、安心して眠れませんわ」

「そうですね」

金は取り返したものの、巾一味に千両箱を三箱も奪われた尾上だ。山田屋の話はもう一月余り前のことだが、気になるのも無理はない。

「早くお縄になるといいのですけれど……」

「まったくですわ。そうだ、お律さん。私にもその盗人の似面絵を一枚描いていただけませんか？　私、暇を見繕って探してみますわ」

「それはちょっと……お上のお許しなく、そのような勝手な真似はできません」

「では、もしもまた火盗改のお役人がいらしたらお伝えくださいまし。尾上の綾乃がいつでもお力になります、と」

「えっ？」

思わず六太と声が揃った。

「涼太さんほどではありませんけれど、私も人の顔はよく覚えている方ですわ。自分で言うのもなんですが、目端が利きますし、浅草なら道も店もよく知っています。ですからきっとお上のお役に立てると思うのです。なんなら御用聞きになっても——ああ、そうですわ。広瀬さまにもそうお伝えしていただけませんか？」

目を輝かせて言う綾乃に律は困った。

「ええと、その……綾乃さんが御用聞きというのはどうも……」

「そうですよ」と、六太も横から口を挟んだ。「綾乃さんに御用聞きは無理——いや、無茶ですよ」

「私には務まらないとお思いなんですか？」

「はい。あ――いいえ。その、つまり、御用聞きというのは時に人知れず、隠密のごとく悪人の身辺を探ったり、後をつけたりせねばなりません。綾乃さんはどうしても、その、人の目に留まりやすいかと……」

「もちろん、御用聞きとなった暁には着物は新しく仕立てますわ。鼠色や紺色など目立たぬ色がよいですものね。頭巾もありきたりな色で揃えて、櫛や簪――お化粧も控えますわ」

「はあ……」

そもそも律を含めてそこらの町の者の着物は古着が主で、仕立てることなどまずないといっていい。また、綾乃なら鼠色や紺色といった地味な色合いの着物でも――むしろ、それゆえに――人目を惹きそうである。

綾乃に頼み込まれて、律は結句約束せざるを得なくなった。

「では、折を見て広瀬さまにお話ししてみます。火盗の小倉さまには、広瀬さまからお話ししていただけるかどうかお願いしてみますから」

「はい！　どうかよしなにお願いいたします。ありがとうございます、お律さん」

無邪気に、にこにことして礼を言って、綾乃は出かけて行った。

「……広瀬さまは、きっとお断りになりますよね？」

「ええ、きっと」

「小倉さまも？」

「小倉さまも、もちろん……」

困り顔で問うた六太へ、律も困り顔で応えた。

青陽堂へ帰るために連れ立って西へと歩き出し、ふと思い出して律は六太に訊ねた。

「広小路には英吉さんや松吉さんに会いに行ったの？」

尾上から戻り道中でもない広小路に六太がいたのは、帰蝶座に英吉と松吉の様子を見に行ったからだろうと踏んだのだ。

「あ、まあ……あの、どうも申し訳ありません」

足を止めて頭を下げた六太に律は驚いた。

「どうしたの？」

「その、もちろん英吉や松吉も気にかかっていたのですが、先だっての帰蝶さんの舞いが実に素晴らしく、今一度見物できないものかと……」

もじもじとして言う六太に、律は思わず微笑んだ。

「なぁんだ。そうだったのね」

「申し訳ありません」と、六太は繰り返した。「いつもはまっすぐ帰るのですが、今日は思いの他早く尾上に着いたので、つい……けれどもまさかお律さんがいらっしゃるとは、悪いことはできないものですね」

「悪いことだなんて大げさよ。六太さんはいつも根を詰めて仕事に励んでいるから、たまに息抜きしたって誰も気にしやしないわ」

「はあ、しかし」

「それで帰蝶さんの舞いは見られたの？」

「それが残念ながら、私が着いた時にはもう終わった後でした」

ならば長々と油を売っていたという訳でもない。

「私もよ。私は今日も見逃してしまったわ」

律が言うと、六太もようやく顔を和らげた。

九

翌日から丸二日間は鞠巾着に費やした。

蒸しまで終えてしまった三日目の昼下がり、律はよそ行きを着て和泉橋を南へ渡った。

此度の注文は袷の裏で、裏地は白色のままとするがゆえに下染めは不要である。だが、花を描くための染料を求めて、律はおよそ三月ぶりに糸屋・井口屋を訪ねた。

「役者から注文とは……羨ましいな」

基二郎にそう言われて、律は面映ゆさと共に微笑んだ。基二郎こそ律には「羨ましい」仕事ばかりしているからだ。

　店で売る糸の染物が主な仕事の基二郎だが、時に雪永のような粋人に頼まれて、反物とする糸を一から染めることがある。また近頃は道具を揃え、反物そのものの染物を手がけることも増えてきた。

「それで、赤い花を描く染料が欲しいのですけれど……」

「赤い花、ですか？」

　興味深げに基二郎は問い返したが、律はただ頷いた。

　職人として常に最良の仕事を心がけている基二郎にならば、意匠が彼岸花だと明かしてもいいように思う。だが同時に、涼太に「内緒」としていることを、基二郎に告げるのは律にはどうもはばかられた。

「出来上がるまで、意匠は内緒にする約束なんです」

「それはまた、どんな着物なのかますます気になるな。出来上がったら、後で教えてもらえやすか？」

「ええ、もちろん」

「赤い染料はいくつかありやすが、どういった赤色をご所望で？」

「深紅、赤紅、臙脂（えんじ）、真朱（まそお）、銀朱（ぎんしゅ）あたりです」

　どれもはっきりと「赤」を思わせる色である。

「それから、紅緋（べにひ）、緋、深緋、紅樺（べにかば）、紅鳶なんかも……」

これらは黄みを含んだ赤で、橙色から茶色に見えないこともない。

「ははは、本当に赤い花のみを描くんですね」

愉しげに笑ってから基二郎は付け足した。

「手持ちの色では足りねぇな……少し日をくれませんか？　染料作りもあれこれ試している最中なんで、俺に任せてもらえやせんか？」

「それはもう。基二郎さんに手がけてもらえるなら助かります」

下描きが早くに決まった分、下準備に多少日がかかったところで困らない。足りない染料を探し歩くよりも、基二郎に頼んだ方が律も安心だ。

そうこう話していると、基二郎の兄の壮一郎（そういちろう）が茶と茶菓子を持ってやって来た。

「お律さんは此度、片桐和十郎って役者さんから注文を受けたそうだ」

「そりゃすごい」

基二郎は律と同じくその名を知らなかったが、壮一郎は幾度か和十郎の芝居を見たことがあるという。

「市村座といえば、女形の藤丸が亡くなりましたね」と、壮一郎が言った。

「えっ？　お亡くなりになったんですか？」

「ええ、昨夕、芝居好きからそう聞きました。なんでも傷がひどく膿んで、おとといから高熱に悩まされ、昨日の明け方に息を引き取ったとか」

「そうですか……」

「いやはや、もてる男というのはそれなりの苦労があるものですな。刃傷沙汰といえば、ほら、藍井の主も危なかった」

「由郎さんも刃傷沙汰に？」

藍井は日本橋の小間物屋で、店主の由郎は役者のごとき色男だと評判だ。

「そうですとも。おや、お律さんはご存じなかったですか？　ええと、由郎さんに岡惚れした女が、けんもほろろに袖にされて逆上したとか――」

「兄貴」

壮一郎をたしなめて、基二郎は律に苦笑を向けた。

「刃傷沙汰にはなったようですが、幸い、由郎は無傷だったと聞きやした」

そう親しいとは思われないが、京の出の由郎と、京で染物の修業をしてきた基二郎は互いを呼び捨てするほどには付き合いがあるらしい。

「そうそう、不幸中の幸いです」と、壮一郎。

「それはようございましたが、恐ろしいこともあるものですね」

「ほんに、もう」

またしても応えた壮一郎が、わざとらしい溜息をつく。

「しかし、それもこれも色男ゆえ……刃傷沙汰ってのは洒落になりませんが、なんだか羨ましくはありますよ。なんにもしなくたって女の方から寄って来て、引く手数多のよりどりみどり——基とは大違いです」

「兄貴……」

「ですが、うちの基だってそう悪くないと思うんですよ。顔立ちはそりゃ由郎さんには遠く及びませんよ。けれども基は真面目で一途、由郎さんのように浮気や刃傷沙汰の心配もありません。ですからお律さん、どなたかお心当たりがありましたら、どうかよしなに——」

「兄貴、もうよしてくれ」

こちらも溜息をつきながら基二郎が言った。

「お律さんもお困りだ。お律さん、どうかお気遣いなく。俺は独り身でも一向に構わねぇんですが、兄貴はずっとこの調子でうるさくて……ご縁なんてのはあるときゃあるし、ないときゃないもんですや」

「だって、お前はいつも仕事仕事で、たまに出かけたかと思いきや、泰造さんちか野山で柴刈り……聞いてくださいよ、お律さん、こいつときたら先だって、私の留守に久々にきた縁談を勝手に断ったんですよ」

「さ、さようで」

「なかなかよい娘さんだったのに……私だって何も無理矢理まとめようとは思っちゃいませ

ん。ただ、どうもこいつと馬が合いそうな娘さんは限られているようなんで、もしや同じ職人のお律さんのつてならなんとかなりゃしないかと、一縷の望みを抱いているんですよ」

「兄貴、いい加減に――」

「じゃあ、頼みましたよ、お律さん」

眉根を寄せた基二郎をよそに、壮一郎はさっと立ち上がり、律の返事を待たずににこやかに去って行った。

「まったくもう、兄貴ときたら……どうもすみません」

「いえ」

短く応えて首を振ったものの、基二郎の本意は律も気になるところだ。

基二郎にはかつて京に許婚がいた。紫野という名で、多賀野という基二郎の就業先の染物屋の一人娘だと聞いている。

次男の基二郎は婿入りに否やはなかったのだが、多賀野は基二郎に職人であるよりも店主であることを望んだ。職人として染物にかかわっていたかった基二郎は、結句、紫野と多賀野に別れを告げて江戸に戻って来たのである。

基二郎の腕が冴えていたからこそ、多賀野は娘婿にと望んだのだが、紫野はいざしらず、少なくとも基二郎には恋情があった。

――俺は……逃げ出したんです。そんなに染物が大事なのかとなじられましたが、その通りです。お紫野に未練はあったが、染物を捨てるほどではなかった……――

そう基二郎は言っていた。一昨年のことである。

もしや、基二郎さんはまだお紫野さんが忘れられないんじゃないかしら……？

恋よりも仕事を選んだのは基二郎自身だ。

かつて同じように恋と仕事に悩んだ律には、基二郎の苦悩が判らないでもない。

でもこればっかりは――

涼太への想いを断ち切ろうとしてそうできなかった己を振り返り、何も問えぬ、言えぬままに、律は井口屋を後にした。

十

弥生朔日。

いつもより数日遅れて満開となった桜を愛でようと、青陽堂は昼過ぎに早仕舞いして、律を除いた皆は大川端に花見に向かった。

悪阻はすっかり治まったように思えるが、人混みや酒の臭いを避けるべく、律は花見は遠慮して代わりに香に会いに行くことにした。

ちょうど昨日、池見屋で新しい着物を受け取って来たところであった。

皆と共に佐和が出かける前に、着物に袖を通して礼を述べた。

――お類さんのお見立てですからね。間違いないことは判っていましたよ。――お律にぴったりです――

褒め言葉かどうかは迷うところだが、御眼鏡には適ったようだ。

あいにく桜の巾着は持っていないものの、父親の伊三郎が母親の美和へ贈った蜜柑の花が描かれた巾着を伴にすることにした。

少し気が早いけど――

蜜柑の花の見頃は卯月で、まだ一月は先のことになる。だが巾着に描かれた青葉と白い花とつぼみは、菜種油色の着物や清々しく晴れた空にこれまたぴったりだ。

先だって描いた贈り物のお包みを入れた包みと巾着を手に、のんびりと通町を鍋町、十軒店、日本橋へと歩いて行き、道中の菓子屋・桐山で干菓子を買った。

香は既に床上げを済ませていて、大喜びで律を迎えた。

お産の日よりは無論血色が良いのだが、以前よりはやつれて見える。

身体を案じた律に香は微笑んだ。

「仕方ないわ。なかなかゆっくり眠れないんだもの。でも、これでもちょっとはましになったのよ。それよりも、りっちゃんはどうなの？」

「私はもう平気よ。お腹は……少し膨らんだ気がするけど、まだよく判らないわ」

「ふふ、これからよ、りっちゃん。これからだわ」

香が笑うと香の腕の中の幸之介もはにかんだ。

幸之介はこの一月ほどの間に顔がややふっくらしてきて、律がよく知る「赤子」らしくなっていた。

瓜坊を描いたお包みを香は大はしゃぎで受け取り、早速幸之介を包み直す。

幸之介が満足げに微笑んだのが嬉しくて、律も顔をほころばせた。

「うふふ、幸ちゃん」

「何よ、りっちゃん」

「何よって、こっちの幸ちゃんを呼んだのよ」

「ああ、そうか。なんだか紛らわしいわね」

そう言いつつも香は楽しげだ。

幸之介が泣いては笑い、香がかいがいしく乳をやったりおむつを替えたりするのが、律にはなんとも微笑ましい。

「もう！　そうやって笑っていられるのも今のうちよ」

「あらだって、香ちゃん、楽しそうよ」

「……ふふ」

「ふふふ」

笑い合い、おしゃべりに興じるうちに一刻があっという間に過ぎた。

幸之介と共に少しとろんとしてきた香に暇を告げて、律は早々に家路に就いた。

京橋を渡り、日本橋へと向かう途中、律は藍井の前で足を緩めた。

由郎が刃傷沙汰に巻き込まれたことを思い出したからだ、

——と、折よく暖簾の向こうから由郎が姿を現した。

「あ……」

「ああ、お律さん、いらっしゃいませ」

「お律さん？」

由郎の後ろから声を上げたのは、なんと和十郎だった。

「和十郎さん」

「おや、お二人はお知り合いで？」

「うん。お律さんには先日、池見屋を通して着物を注文したところなんだ」

「着物を？　一体どんな着物をお仕立てになるんです？」

「そいつは仕立て上がってからのお楽しみだ」

「もったいぶりますね」

微笑んだ由郎ににやりとしてみせてから、和十郎は律に向き直る。

「もう耳にしたかもしれんが……藤丸が亡くなったよ」

「ええ、そのことは数日前に知り合いから聞きました」

「甚六さんも亡くなった」

「えっ？」

「藤丸が死んだと知って、小柄で喉を突いたそうだ」

甚六は馬喰町から品川宿の旅籠に身を移していた。

藤丸は「匕首」で刺されたと律たちは猿若町で聞いたが、実は大層な拵えの「懐剣」だったという。

「甚六さんがあつらえたんじゃなくて、刀剣商から買い取った物だったと聞いた。どこぞの姫さまが手放したんじゃないかって代物でな。目貫は藤の花、鞘は金蒔絵でやっぱり藤の花が描かれていたそうだ。小柄にももちろん……」

甚六は懐剣は藤丸に刺したまま置いて去ったが、小柄のついた鞘は持って逃げた。

品川で藤丸の死を知った甚六は旅籠で自害し、旅籠に呼ばれた番人が数日前に見た似面絵を思い出しつつ町奉行所に知らせに走ったそうである。

「甚六さんが刀剣商に寄ったのは、藤丸に袖にされた後だったらしい。おそらく、そん時から自死を考えていたんだろう。たまたま寄った刀剣商で、図らずも藤の意匠の懐剣を見つけて、今一度藤丸に会いたいと思ったんだろうな。初めから道連れにしようとしたのかは判らねぇ。藤丸の目の前で自害しようとしていたのやもしれねぇや。『此の上は心中するか駆け落ちか』……まったく芝居じゃあるめぇし、命を粗末にしやがって」

市村座では浦里という花魁と時次郎という男の悲恋を描いた「明烏花濡衣」を、如月に演じたばかりだという。

「明烏の浦里と時次郎は相思でしたがね」と、由郎。「二人の間にはみどりという子供までいて、この子は浦里の禿を務めていたんです」

歌舞伎を知らぬ律に由郎が教えてくれたが、もしも甚六がその芝居を見ていたらと思うとなんとも切ない。

藤丸の命を無理矢理奪ったことは許し難い。

だが男色の甚六は、親のため、店のためを思って己の本性をずっと隠していた。嫁を娶って子をなして、跡取りを一人前に育て上げた。そうしてようやく務めを果たした矢先に恋に落ち、相思になれたと喜んだのも束の間、全ては偽りだったと告げられた。

自業自得――ともいえる。

甚六の性癖や此度の所業は、両親や妻、子供には思いもよらぬことだったのではなかろうか。さすれば甚六もまた、彼らをひどく欺いたのだ。

それでも律はやはり、甚六への同情を禁じえなかった。

――真面目なお人だから思い詰めちまったのか――

和十郎が言ったように、甚六は真面目な男だったのだろう。ゆえに甚六の真情が、藤丸にあったことを律は疑っていなかった。

「……奥田屋でしたっけ？　甚六さんのお店は大丈夫でしょうか？」

「どうでしょう？　六代――いや、七代続いている店ですからね。容易く潰れることはないでしょうが、ご両親やおかみさん、七代目はお気の毒です。しかしまあ、妻はともかく親は子を、子は親を選べませんから」

少々冷たいようにも感じたが、由郎の言い分はもっともだ。

大店の六代目でなかったら、甚六がここまで思い詰めることはなかったやもしれない。

それこそ役者のもとにでも生まれていれば……

そう思わないでもなかったが、役者の子供にはまた違った悩みがあるに違いない。

己が身ごもっているからだろう。甚六の父親や嫁、息子よりも、母親の胸中が律は気になった。

おそらく嘆き悲しんでいることだろうが、それは甚六が家の恥となったがゆえか。

はたまた我が子が失意のうちに、自ら命を絶ったからか――

「親は子を、子は親を選べねぇ、か……」

低くつぶやいた和十郎の顔は暗かった。

律より先に暇を告げると、和十郎はさっと踵を返して、うつむき加減に帰って行った。

追いかけることになるのはどうも気まずいと、律は和十郎が北へ――日本橋の方へ姿を消すまでしばし見送った。

「和十郎さんの着物、楽しみですよ。呉服屋も、池見屋さんで落ち着いたのならよかったです。前の呉服屋のこと、本当に惜しまれていましたから」

和十郎が懇意にしてきた呉服屋が人手に渡ったのは、そこの店主──「息子」──が死したからである。

ふと思いついて律は問うてみた。

「由郎さんは、和十郎さんのお子さんのことをご存じですか？」

「和十郎さんにお子さんが？」

興を覚えた様子で由郎は問い返した。

「ご存じではないのですね？」

「私は江戸にきてまだ数年ですからね。和十郎さんともここ一年ほどの付き合いです。和十郎さんにお子さんがいらしたとは知りませんでしたが、まあ、役者なら隠し子の一人や二人いたっておかしくありません。──あ、もしや、和十郎さんの注文は鞠の着物ですか？　鞠巾着とお揃いの？　とすると、お子さんはまだ年若い娘さんですかね？」

「そ──それは、お教えできません」

誤魔化して律は藍井を後にした。

先ほどの和十郎の顔と声がどうも気にかかる。

日本橋を北へゆっくり渡りながら、律は更に北の猿若町の方へ目を向けた。

もしかしたら……

――私が殺したも同然だ――

もしやあの言葉は大げさでもなんでもなくて、息子さんは本当に和十郎さんのせいでお亡くなりになったのかしら――

ぞくりとした胸に手をやって、律は小さく頭を振った。

第三章　悪徳駕籠屋始末

九ツ前に鞠巾着の蒸しを終えた律は、彼岸花の下描きを取り出した。

朝のうちに、いくつかの赤い染料を基二郎が届けてくれた。

弥生は八日——染料を頼んでから既に十日が過ぎていたが、思っていたよりも遅くなった事情は合間に慌ただしく顔を出した基二郎から聞いていた。

浅草は六軒町に住む染物師の泰造が、しばらく寝込んでいたのである。

泰造は神田の紺屋・たでやを息子に譲って隠居したのち、浅草に身を移して一人で染物を続けていた。基二郎曰く、泰造は花見でつい酔っ払い、布団もかぶらずに夜明かしをして風邪を引いたらしい。染料の相談をしに行った基二郎が寝込んでいたところを見つけたが、家の者には知られたくないと泰造が「だだをこねた」ため、基二郎が自ら看病を買って出たという。

——礼代わりに染料の材料をせしめてきやしたが、遅くなって申し訳ありません——

そう言って基二郎は深々と頭を下げたが、もとより急ぎの仕事ではなく、これから取りかかっても弥生のうちには仕上がる見込みだ。

また、律は律で、甚六の自死や和十郎の憂い顔が気になっていた。浮いた気持ちはともかく、沈んだ気持ちが筆に出ぬように、香や幸之介へ思いを馳せながら、いつもより時をかけて鞠巾着を描いていたところであった。

袷の裏――彼岸花を描く布地は、先日池見屋から受け取っている。

夕刻までは下絵に励もうかと思案していた矢先、足音が近付いて来た。

「お律さん、一大事です！」

「太郎さん？」

驚いて律は腰を浮かせたが、開けっ放しにしていた戸口から顔を覗かせた太郎はにこにこしている。

「へへっ」

「もう！　一大事だなんて、私をかついだんですか？」

「とんでもねぇ。我が殿の嫁取りが決まったんでさ。これを一大事と言わずしてどうしやしょう」

「まあ……おめでとうございます」

「へへっ、ありがとうごぜぇやす！」

嬉しげに盆の窪に手をやって、太郎は上がりかまちに腰かけた。

聞けば、相手は掃除之者の娘で御年十九歳とのことである。妙齢だが、己が同い年だったのはもう五年も前のことなのだと、律は内心愕然とした。

「ふふ、俺と母上さまの調べではこれがまた、気立て良し、器量もまあ良しの姫さまでして、母上さま共々一安心したところでござぇやす」

母上さま、というのは小倉の母親で、太郎はこの母親に頼まれて、縁談があるごとに相手の女の身辺やら人となりやらを片手間に探っていたのである。

「それは重畳でございます」

「まったくで」

太郎ほどではなかろうが、律も早速この朗報を誰かに知らせたくなった。

が、あいにく今井は今日は、日本橋の本屋へ出かけている。

「今お茶を淹れますね。お昼もまだじゃありませんか？」

律が言うと、太郎は手と首を同時に振った。

「お気遣いなく。それよりも似面絵を一枚頼みます。そいつを持って、できれば夕刻までに千住に行くよう殿から仰せつかっておりやすんで」

「まあ、千住まで？」

「その前に頼まれた茶葉を青陽堂で買うんで、茶はあっちでもらおうかと……へへへ」

「それなら私もご一緒します」

涼太が店にいればよし、いなくても佐和に頼んで、小倉への祝いとして少し茶葉を包んでもらえぬか頼んでみようと律は思った。

ついでに、お千恵さんを訪ねてみよう――

どことなく気乗りしないことも手伝って、律は今日は仕事は仕舞いにし、気晴らしに上野まで出かけることにした。

太郎は遠慮したが、太郎が墨を磨る間に律は青陽堂に行って握り飯をもらって来た。

互いに握り飯を齧りながら人相を聞き、下描きもそこそこに似面絵を描いていく。

「いやはや手慣れたもんですな」

「慣れたのは太郎さんも同じだわ」

幾度となく小倉の遣いを務めている太郎は、回を追うごとに、顔、髷、目、眉、鼻、口、耳など、形や部位の伝え方に工夫を凝らしていて実に判りやすい。

半刻と経たずに出来上がった似面絵は、己と変わらぬ二十代半ばの男であった。

「この人も盗みを?」

「仲間内じゃ――ああ、もう仲間じゃねぇが――『夜霧(よぎり)のあき』って呼ばれてるんですけどね。まだ若ぇのに、とんでもねぇ盗人なんで」

「夜霧のあき、ですか」

「その名の通り、夜霧のごとくしめやかに盗みを働いて、朝までにすっかり姿を消しちまうんでさ。これまでに盗んだ金は五千両を下らねぇんじゃねぇかと……『あき』は仮名なんですが、秋冬の秋に生まれたからとか、安芸国の出だからだとか聞いとりやす」

秋冬の秋と聞いて、母親を探していた上野のあきを思い出したが、太郎が言うには秋は盗みにもってこいの季節らしい。

「夏の暑さが収まって、ちと涼しくなるとみんな寝付きがよくなりやすでしょう？　そこを狙って盗みに入るんで」

あきの一味はしばらく江戸を離れていたようだったが、先だって千住宿で起きた盗みがどうもこのあきの仕業らしい。そのことを耳にした小倉が、あきの顔を見知っている太郎に似面絵を頼み、千住で探索を続けている火盗改の同輩に渡すよう命じたという。

似面絵が乾く間、太郎には少し表で待ってもらい、よそ行きに着替えてから連れ立って青陽堂へ向かった。

暖簾をくぐると、折よく涼太が客に茶を振る舞っていた。

「あの」

店で話しかけるのは気恥ずかしいが、律は太郎からの注文と小倉の嫁取りが決まったことを涼太に告げた。

「そりゃめでたい」

涼太は顔をほころばせ、注文の茶葉の他に祝いとして別の茶葉を手代に包ませた。

「出かけるのか？」

「ええ。先生がお留守だから、今日はお千恵さんとおやつにしようかと」

「気を付けて行っておいで」

「はい」

「若旦那、こりゃ恐縮です」

祝いの茶葉を喜ぶ太郎と共に律は青陽堂を出た。

二

千住へ向かう太郎は、御成街道(おなりかいどう)に出るよりも相生町の東側の通りを北へ行った方が早い。だが、小屋敷ばかりが連なる通りを行くよりも、御成街道の方が人通りが多くて気安いと、律と一緒に不忍池の手前まで同行するという。

「そう急がなくたって平気でさ。夕刻までまだたっぷりありやす」

太郎の役目を慮って、つい早足になる律へ太郎が苦笑を漏らした。

「それより、長屋にあった下描きですが……ありゃ彼岸花ですね？」

「ええ」

「彼岸花の巾着を描くんですか？」

「巾着ではないのですが、注文をいただいた品がありまして……あの、出来上がるまで意匠は秘密にと言われていますので、まさかとは思いますが、小倉さまや広瀬さまにも内緒にしといてもらえませんか？」

「そりゃもちろん。こっちこそ、盗み見たみてぇですみません。けど、彼岸花の注文なんて、変わった客もいるもんですね。あんな縁起の悪い花をねぇ」

呆れたように言う太郎へ、律は今井から聞いたことを話した。

「……ですから、そう悪い花でもないんですよ。時によっては瑞兆にもなりますし、なんにも知らずに見たら、ただ綺麗なお花じゃないですか。むしろ綺麗だからこそ、むやみに摘まれないように毒を持っているんじゃないかしら？　夾竹桃や鳥兜、水仙だって、綺麗だけど毒があるから触れ難いもの」

「へぇぇ、先生もそうだが、お律さんも物知りだ。『天上の花』か……彼岸花にそんないわれがあったたぁ、俺はちっとも知らなかった。彼岸花には嫌な想い出しかねぇからなぁ」

「そうだったんですか」

少しばかり興を覚えて相槌を打つと、太郎はしばし躊躇ってから再び口を開いた。

「……おふくろがね、彼岸花が好きだったんでさ。家から少し離れた川の土手に、彼岸が近付くと真っ赤になるところがありやしてね。おふくろのこたよく覚えちゃいねぇんだが、一緒に土手を眺めたことは今でもはっきり思い出せやす」

いつになく陰りのある声と顔が、先日の和十郎と重なって見えた。

「俺はまだ六つでしたや。『綺麗ねぇ。綺麗ねぇ』って、おふくろが何度もつぶやくもんだから、俺ぁなんだか嬉しかった。けど、俺の親父はろくでなしでね。ろくな稼ぎもねぇくせに、その頃、外に女を作っていやがった」

不義は初めてではなかったようで、夫婦は揉(も)めに揉めた。

母親の剣幕に押されて父親は一度は女と切れたものの、ほどなくして再び逢瀬を繰り返すようになったらしい。

「どってこたねぇ、そんじょそこらの親爺だったんですがね。何故だか女にはもてたらしいや。俺ぁ、顔だけはそんな親父に似ちまって……おふくろはそのうち俺にあたって憂さを晴らすようになりやした」

どういうことかと問い返せずに、相槌にも律が迷う間に太郎は自嘲を浮かべた。

「殴る蹴るは茶飯事(さはんじ)でして、結句首を絞められやした。おふくろはその頃にはもう気が触れていたようです。俺は一度は死んだみてぇになって、おふくろはそれを鬼の首――いや、親父の首を獲(と)ったかのごとく町中で言い触らしたそうで、番人が慌てて家にやって来たとか」

――ですがお律さん、世の中にゃあ、実の子を犬猫みてぇに捨てたり……それどころか己の手で亡き者にしようとしたりする親もいるんでさ――

昨年、母親にないがしろにされている茉莉(まり)という娘の話を聞いて、太郎がそう言ったことがあった。

　太郎もまた親に恵まれなかったのだろうと推察してはいたものの、母親に殺されかけたと聞いてはやはり平静ではいられない。

「息を吹き返した俺は、すぐさま親類に引き取られやした。親類は親父におふくろをなんとかするよう言ったそうですが、親父はおふくろから逃げて、女のもとへ身を寄せやした。おふくろはそんな親父を追って女の家に行き……二人の目の前で、出刃で己の喉をかっさばいたと聞きやした」

　律が息を吞むと、太郎は慌てて盆の窪に手をやった。

「ああ、すいやせん。怖がらせちまって」

「いいえ、ただあの……」

　お気の毒で、という言葉を律は吞み込んだ。

　夫に裏切られて心乱した太郎の母親に同情がなくもない。

　とはいえ、正気を失っていたとしても、我が子を殺めようとする親がいようとは――現にそういう親がいると知ってはいても――律には信じ難い、信じたくないことであった。真に気の毒なのは、なんの非もない太郎である。

「死にかけて、俺もどうにかしちまったようで……おふくろに殺されかけたことも、おふくろが死んだことも、その頃はぴんときちゃいなかった。通夜も野辺送りも俺の知らねぇうちに済んじまってて……俺はただぼんやりと親類の家で寝起きして、言われるがままに家のことを手伝って日が経ちやした」

七歳になり、秋の彼岸を再び迎えたある日、太郎はふと足を延ばして母親と眺めた土手へ向かった。

「土手は見頃の彼岸花で真っ赤っ赤で、あんまり見事だったんで、俺は花をひとつかみ摘んで帰ったんですが、親類からこれでもかってほど大目玉を食らいやした。綺麗だと——喜んでもらえると思ったんですがね……」

自嘲と苦笑を交えて太郎は言った。

「彼岸花が死人花だの火事花だと呼ばれていると、俺ぁそん時初めて知りやした。そん時初めて——聞いただけのおふくろの死に様が目に浮かびやした。辺り一面血の海で、己の血の中におふくろは突っ伏していたと……そっからでさ。そっから親類が『こいつもどうもおかしい』と言い出して、また殴る蹴るが始まりやした。三年ほど耐えやしたが、ある晩どうにもこらえきれなくなって、俺ぁ家を飛び出して、盗人一味に加わりやした」

言葉を失ったままの律を見やって、太郎はますます苦笑した。

「ああ、そんな顔しねぇでくだせぇ。郷里を飛び出してからいろいろありやしたが、あん時あすこを出たことは一切悔いちゃおりやせん」

夜半に家を出た幼き太郎は、町を出る前に盗人一味に出くわしたという。

——誰にも言うでないぞ。もしもお前が口を割ったら、家を探し出し、お前の大切な者を必ず殺す——

子供相手にそう脅した盗人頭へ、太郎は言い返した。

——おれは一人だから、そんなおどしはききやせん。けど、せっかくにげて来たとこなんです。ここで死ぬのはまっぴらだから、おれを子分にしてくだせぇ——

「最初の親分は盗人ながら見上げたお人で、『貧乏人からは盗らねぇ。女は犯さねぇ。殺しはしねぇ。狙うのは金持ちのみで、いただくのは金だけだ』——そうみっちり仕込まれやした。この親分を亡くしてからはまたしばらく苦労しやしたが、今は小倉さまというこの上ない殿に恵まれやした」

にっこりしてから太郎は更に付け足した。

「ただ、おふくろのことはずっと気にかかっていたんでさ。あれから毎年、彼岸花を見る度に血まみれで死んだおふくろが思い浮かんで、こう、なんだか息が苦しくなるんで」

そう言って太郎は首に手をやった。

「俺はずっと、いつかおふくろみてぇに気が触れちまうんじゃねぇかと怯えてきやした。今でも時々……あの花を好いていたおふくろはおかしくて、俺もおそらくおかしな子供で、おふくろはもとから俺を憎んでたんじゃねぇかって……だって、並の親ならあの花にはけして近付かねぇよう、子供に言って聞かせやすでしょう?」

「太郎さん……」

いつしか元黒門町を通り過ぎ、不忍池に差しかかろうとしていた。

「けど、今井先生のお話を聞いて――お律さんもあの花が綺麗だって……へへっ、俺ぁなんだかすぅっと楽になりやした。ありがとうごぜぇやす」

「そんな……お礼なんて……」

「だって、ほんにありがてぇ――釈迦の説法なんざよりずっとよかったや」

目を細めて照れた笑いを浮かべると、「ほんじゃあ、俺はこの辺で」と、太郎は足を速めて上野広小路の人混みに紛れて行った。

三

八ツまでまだ四半刻はあろう。

律が池見屋の暖簾をくぐると、手代の征四郎と藤四郎はそれぞれ客の相手をしていた。よって店者としては無愛想な丁稚の駒三が、番頭の庄五郎に言われて渋々といった態で律を座敷へ案内した。

今は案内なく座敷へ向かうこともある律だが、外用の多い駒三とは滅多に顔を合わせない。よって律は、どことなく青陽堂の丁稚たちを見守るような気持ちで駒三の後を歩いた。

「藍井の旦那さまがいらしているのです」

「由郎さんが？」

律の言葉にただ小さく頷くと、駒三は襖戸の向こうに声をかけた。

「お律さんがいらっしゃいました」

「まあ！」

声を上げて、すぐさま戸を開いたのは千恵である。

「いらっしゃい、お律さん。駒三さん、ありがとう」

「いえ」

素っ気なく応えて一礼し、すぐさま踵を返して行った駒三を千恵が温かい目で見送った。

「なんと、つい先ほど由郎さんがいらしたのよ」

律が手土産の茶葉を差し出しながら由郎と挨拶を交わすと、類が問うた。

「もう巾着が出来たのかい？」

「蒸しまでは終えていますが、今日はただお千恵さんとおやつでもと……」

「じゃあ、由郎さんとおんなじね」と、千恵。「由郎さんもおやつを一緒にどうかと、桐山のお菓子を持って来てくださったの。前にお店に伺った折に、桐山の話をしたのを覚えていてくださったのよ。ねぇ、由郎さん？」

「ええ。桐山は雪永さんのご贔屓でもあるとか」

「そうなのよ。お律さんの弟さんのご贔屓でもあるのよ、ね？　お律さん？」

「その通りです」

数えるほどしか買ったことがなく、贔屓客とはとてもいえぬが、桐山の菓子は慶太郎の好物である。

律が大きく頷くと、千恵は微かに安堵の表情を浮かべて茶瓶を手にした。

「ちょうどお茶も入ったところよ」

千恵から茶碗を受け取ると、一口含んで由郎は如才なく微笑んだ。

「美味しゅうございます」

「お粗末さまです」

由郎は今日は湯島天神の近くに住む指物師を訪ねたついでに、不忍池まで足を延ばしたそうである。

「久しぶりに池見屋と弁天さまでも拝みに行こうかと。いやはや今日はついてます。お律さんにもお目にかかれるとはね。次はいつになるだろうかと考えていたところでした」

「どういうことかしら？　お律さんにご用がおありなら、青陽堂をお訪ねになればいいじゃないの」

訝る千恵に、由郎は微苦笑を浮かべる。

「ご用というほどではないのですが……和十郎さんのお子さんのことが判ったもので」

「和十郎さんというと――役者さんね。先だって、お律さんにお着物を注文した？」

「その和十郎さんです」

由郎がにっこりすると、千恵もつられたように微笑んだ。

「和十郎さんにはお子さんがいらっしゃるのね。――あっ、もしや、注文のお着物はお子さんのなの？　それなら鞠のお着物かしら？　お律さんたら、和十郎さんに口止めされているからって、お姉さんにも意匠を秘密にしてるのよ」

「私も教えていただけませんでした」

千恵に笑みを返してから、由郎は律の方を見た。

「おととい、他の役者から話のついでに聞いたんですよ。和十郎さんの息子さんは、六年前に彼岸花の中で自死されたそうですね」

「自死？」

それも彼岸花の中で――？

「おや、これはお律さんもご存じなかったか」

驚いた律を興味深げに見つめて由郎は言った。

「隠し子だったそうで、母親が誰かまでは知らないとのことでした。一時は殺されたんじゃないかと噂が立ったそうですが、彼岸花の根を口にした跡があったようで、結句、自死だと判じられたと聞きました」

「……息子さんはおいくつだったの？」

「お千恵」

おそるおそる問うた千恵を類がたしなめたが、由郎は躊躇うことなく応えた。

「二十歳でした。なんでも十七の時に和十郎さんと大喧嘩して家を飛び出し、ずっと行方知れずだったそうで、和十郎さんは生前に再会できなかったことを悔いていらしたようです」

仲違いしたとは聞いていたが、喧嘩別れしたまま三年も経っていたとは、律にはまたしても驚きだった。

「由郎さんは、存外噂好きで、口が軽いんだね」

やや呆れた声で類が言ったが、由郎は悪びれもせずに役者顔負けに優美に笑んだ。

「本当に秘密にしたいことなら無言を貫くのが一番です。和十郎さんは自らお律さんに着物を注文したことを私に明かし、それでいて『仕立て上がってからのお楽しみ』などと、私の好奇な性（さが）を煽（あお）ったんです。こうしたお人は、内緒だ秘密だと言いながら——当人が知る知らずにかかわらず——実は話してしまいたいことがあるんじゃないかと、私は常々思っているのですよ。それに私は聞いたことを伝えたまでです。まあ、噂好き、詮索好きなのは認めますがね、口が軽いと言われたのは心外です。和十郎さんが新たに選んだ呉服屋の女将さん、その妹御さんだからこそ、こうした話も構わぬだろうと判じたのです」

「ふん。あんたが弁の立つ男だってことはよく判ったよ」

「恐れ入ります」

類の嫌みを物ともせず、しれっとして由郎は言った。

「……息子さんは、どちらでお亡くなりになったかお聞きになりましたか？」

注文は「子供の着物」ではないかと言い出したのは由郎で、和十郎は由郎には一言も子供のことを口にしていない。まさかとは思うが、意匠が彼岸花だと悟られぬように、できるだけさりげなく律は問うた。

「善性寺という寺の近くだったそうです」

「ぜんしょうじ？」と、千恵が問い返した。「善人の性の善性寺ですか？」

「そうです。その善性寺です。なかなか忘れ難い名の寺ですよ。息子さんは善一郎という名だったそうなので尚更です」

「そんな……皮肉だわ」

「皮肉ですか？」

「だって、善性寺は安産祈願のお寺だもの。そうよね、お姉さん？」

「ああ、そうだ。よく覚えていたね」

「命の無事を祈願するお寺の傍で、自ら命を絶つなんて悲しいわ」

聞けば善性寺は池見屋から半里余りで、不忍池の東側を北へ回り、堀沿いを北へ向けて更に道なりに進んで行くと突き当たるという。

「それなら――安産祈願のお寺なら、後でちょっと足を延ばしてみます」

安産祈願は嘘ではないが、それ以上に善一郎が命を絶った場所を見てみたくて律は言った。

「それなら、私もお伴するわ」

「えっ？」

「ならば私も」

「由郎さんも？」と、問うたのは千恵である。

「私が一緒では気まずいですか？　しかし、寛永寺より更に北となると昼間でも人気が少ないでしょう。女性二人では不用心ですよ。ねぇ、お類さん？」

「そうだねぇ」

「上野まで来ることはそうありませんし、私にも新たな命の無事を祈願させてください。それにこれも何かの縁です。善一郎さんの亡くなった場所を訪ねてみませんか？」

胸中を読まれたのかと、律は内心どぎまぎして返答に迷った。

代わりに千恵がつんとして言う。

「なんだか、はしたないわ」

「はしたないですか？」

「由郎さんは、人様のお子さんが亡くなったのを面白がっているように見えるわ」

「手厳しいですね」

苦笑を漏らしてから由郎は真顔になった。

「面白がってはおりませんが、大いに心惹かれておりますよ。私は和十郎さんの芝居もお人柄も好いておりますから、どうして善一郎さんが行方をくらまし、結句自死に至ったのかとても気になります。お千恵さんはそうでもありませんか?」

「それは……」

「彼の地では、善一郎さんへ供養の祈りを捧げてこようと存じます」

「それなら……」

「一面の彼岸花を見てみたくもありますし」

由郎が付け足すと、類が再び小さく鼻を鳴らした。

「確かにあすこは一面彼岸花が生えてるけどね。今見られるのは葉っぱだけだよ。彼岸はまだまだずっと先だ」

「ふふ、お言葉はもっともですが、私は想像することに長けておりますからご心配なく。だが、そうだなぁ……まことに花咲く彼岸に出直すのもまたよいでしょう。その時はご一緒にいかがですか、お類さん?」

「遠慮しとくよ。ああいうところに出かけるのに、由郎さんみたいな賑やかなお人と一緒はごめんだね」

「こりゃまた手厳しい……」

気を悪くした様子もなく、むしろ上機嫌で由郎は微笑んだ。

四

三人連れ立って池見屋を出ると、不忍池の東側を北へと歩いた。

弁天堂には寄らずに五重塔を右手に見ながら不忍池を半周し、堀沿いを更に北へ北へと進んで行くとやがて天王寺が左手に見えてくる。

道なりに天王寺の東側を通り過ぎると、しばし先の突き当りに善性寺はあった。

類曰く、彼岸花の咲く一画は善性寺の南側にあるとのことで、善性寺を詣でる前に寄ってみたが、類が言った通り今は葉の塊がそう間をおかずに生えているのみで、葉の半分ほどは早くも枯れかけている。

「咲く前に葉がすべて消えてしまうとは、まったく不可思議な花ですね、彼岸花は」

身をかがめて葉に触れながら由郎が言った。

「ええ」

「こんなありきたりの葉からあんなに美しい花が咲くとは、なんとも面白い——いや、畏れ多い……」

千恵を気にしたのか由郎は言い直したが、由郎もまた彼岸花を忌み嫌うどころか好いているらしい。

善一郎のために手を合わせて目を閉じると、見たこともないのに燃え盛るごとく一面に咲く彼岸花が目蓋の裏に浮かんだ。

……善一郎さんは、どうしてここを死に場所に選んだのかしら？

自死するために彼岸花を探していて、噂を聞いたのやもしれない。だが、このような墨引の際――市中の外れまで来なくとも、彼岸花が咲いているところはいくらでもある。また、何も彼岸花でなくとも、夾竹桃や附子など探せば他に手近な毒があった筈だ。

それとも、自死したというのはお上の間違いで、本当は和十郎さんが言ったように「殺された」のかしら――？

たとえ善一郎が自ら命を絶ったとしても、誰かに追い詰められたがゆえのことやもしれず、さすれば和十郎が「殺された」と言っていたのも頷ける。

なんにせよ、和十郎が「弔い」の着物に彼岸花を望んだ訳は明らかになった。

――この着物を着れば、なんだかこう……一面の花の中に寝転んでいるような気になれそうだ――

そう言った和十郎の脳裏には、善一郎の死に様が浮かんでいたに違いない。

善一郎が死したのが六年前なら、今年の秋に七回忌を迎える。自死だろうが殺人だろうが善一郎がとうに成仏していることを律は祈った。

目を開くと、千恵と由郎が二人して己を見つめている。

「和十郎さんから少しだけお子さんのことを聞いて、気になってはいたのですけれど、まさかこんな事情があったとは思わなくて……」

「余計なことを言ってしまいましたか？」

「いいえ」と、律は首を振った。「先に問うたのは私ですから。むしろ由郎さんのおかげで、和十郎さんに余計なことを訊かずに済みました」

「では、善性寺へ参りましょうか？」

「ええ」

善性寺は寛永寺や天王寺に比べればこぢんまりとしているものの、六代将軍である徳川家宣(いえのぶ)の生母・長昌院(ちょうしょういん)が葬られたことから徳川家縁の寺となっている。

門前の音無川(おとなしがわ)に架けられた通称「将軍橋」を渡り、律たちは境内に足を踏み入れた。

「おや、こちらは商売繁盛にもご利益がありそうだ」

境内の大黒天像を見やって由郎が言った。

「ざっと二百五十年は前に彫られたもの——の筈よ」

そう応えたのは千恵である。

「よくご存じで」

「実は今思い出したのよ」

境内を見回して千恵は言った。

「ここには幾度か来たことがあるわ。お姉さんと一緒に……それこそ、彼岸花が咲いている頃だったような……お姉さんも商売繁盛をお祈りに来たのね、きっと」

「道理でお類さんもよくご存じだった」

三人で笑みを交わすと、律は本堂に近寄ってお腹の子の無事と安産を祈った。

「……善一郎さんも、きっとこちらへいらしたでしょうね」

おもむろに、つぶやくように由郎が言った。

「ええ、おそらく」

「善性寺なんて名じゃ、私のような俗な者はどうしたって参詣に後ろめたさを覚えてしまいますが、善一郎さんは同じ善の字に救いを見い出したのやもしれませんね」

「救い――ですか？」

律が問い返すと、由郎は困った顔になって盆の窪に手をやった。

「ああ、すみません。救いが得られなかったからこそ死を選んだのかもしれないですね。ですがお律さん、中には救われたくて死を願う者も、死に救われる者もいるんですよ」

千恵が口をつぐんだままなのは、かつて千恵も死に救いを求めたからか。

由郎さんも、自死を考えたことがあるんだろうか……？

つい探るように見つめると、由郎はゆっくりと微苦笑を浮かべた。

「道中で茶屋を何軒か見ましたね。どうです？　帰りしな少し休んでいきませんか？　新茶屋町には確か、羽二重団子の美味しい茶屋があった筈です」

「安曇屋ね」

ぱっと顔を輝かせて千恵が言った。

「この間、雪永さんが連れて行ってくれたのよ。羽二重団子、美味しかったわ」

「では、そちらに参りましょう」

喜ぶ千恵に促されて、律は善性寺を後にした。

新茶屋町は天王寺の南に位置しており、安曇屋は表に縁台が八つもあって繁盛している。

空いている縁台に律と千恵が並んで座り、向かいの縁台に由郎が腰を下ろした。

「お茶と羽二重団子を三人前頼みます」

にこやかに注文を告げた由郎に、茶汲み女の目がしばし釘付けになる。

律が内心くすりとする傍らで、千恵が無邪気に由郎に問うた。

「由郎さんはどうして江戸にいらしたの？」

「それはもちろん、公方さまのお膝元で一旗揚げたいと望んでやってきたのですよ」

「本当に？」

覗き込むようにして問い返した千恵へ、由郎は悠然と笑んで応える。

「本当の事由は秘密です」

「もう、由郎さんたら。もしや――もしや、女の方から逃げていらしたのではないの?」

「ふふ、推し当てはどうぞお千恵さんのお好きなように。ですが、秘密は秘密。私はそう容易く口を割りませんよ」

「もう」

苦笑した千恵の代わりではないが、今度は律が問うてみた。

「けれども、女の人には苦労されているのではないですか? 先だって、刃傷沙汰に巻き込まれたと基二郎さんからお聞きしましたけれど……」

「刃傷沙汰ですって?」

「そんな大げさな話じゃないんです」

眉をひそめた千恵をなだめるように、由郎は苦笑を返した。

「お律さんが仰る通り、女の方には時折苦労しています。先だっての騒動はまったく思いもよらず――」

さる武家の女が、夫がいるにもかかわらず由郎に懸想していたらしい。店に足繁く通って来るうちはまだよかったが、徐々に執心が強まって、由郎も店者も用心していたという。

「贈り物が増えましてね。ちょっとした菓子などはありがたくいただいているのですが、小間物やら着物やらはどなたからもお断りしております。ですがその方はあの手この手で、時には人を通じて届けようとなさるので、きっぱりとお断りしたところ、翌日旦那さまがいらっしゃいました」

悲嘆に暮れている妻から理由を聞いて、「なんと無礼な」と、夫は脇差しを片手に藍井に怒鳴り込んで来たのである。

「不幸中の幸いと申しましょうか。旦那さまは剣術は素人でして、大事には至らずに済みました。これも幸いなことに、うちの者が機転を利かせてお客さまには早々に表へ出ていただきましたので、旦那さまの抜刀が人目に触れることもありませんでした」

――こいつは抜いても法度（はっと）、抜かずとも法度という厄介な代物だから――

刀については以前、保次郎からそう聞いたことがある。

太平の世になって久しく、「無礼討ち」や「切捨御免（きりすてごめん）」はもう滅多に聞くことがない。むしろ江戸市中でむやみに刀を抜くことは年々厳しくなっている。

「奥さまも奥さまですが、旦那さまも旦那さまですね」

「迷惑千万な話ですよ。己に心当たりがあるならまだしも、理不尽な恨みを買うのは怖いものです。どこがどうつながっているのやら――まさかと思うような事由が巡り巡って、命懸けの大事になりうるのですから人嫌いになりそうでした。客商売ですから、そんなことは言ってられませんがね」

律と由郎が話すのを、千恵は羽二重餅を食（は）みながら黙って聞いている。

――と、律たちの隣りの縁台に女が一人腰を下ろした。

団子を勧める茶汲み女へ、茶だけを注文して女は付け足した。

「七ツに待ち合わせているのです。今食べてしまうと、夕餉が入りませんから……」

女に遠慮して、律たちは物騒な話は取りやめ、当たり障りのない世間話をしながら団子を食べた。

やがて七ツが鳴ってまもなく、安曇屋の前に駕籠が一丁やって来た。

店の前に駕籠を置くと、駕籠舁きの一人が呼んだ。

「おさたさん？　おさたさんはいらっしゃいませんか？」

「さたは私ですけれど……」

隣りの女が困惑しながら応えると、駕籠舁きは愛想笑いをしながら近付いて来る。

「辰彦さんに頼まれて来ました」

「辰彦さんに？」

「呼び出しておいてすまないが、急な用事ができて今日はこちらには参れない、とのことです。それで私どもにおさたさんを家まで送り届けるよう頼まれたのです」

「そうですか。辰彦さんがそのように……」

「さ、こちらへ。駕籠でお送りいたします」

どうやら、逢瀬がふいになってしまったようね――

落胆が滲んだ女の声を聞いて律が同情を覚えた矢先、千恵が瘧のごとく震え始めた。

五

「お千恵さん、どうされました？」

「お律さん……」

うつむいた千恵の横顔は真っ青だ。

己が身を抱きしめて震える千恵に、由郎も困惑を隠せない。

「具合が悪いようなら、どこか横になって休めるところへ――」

「違うのです」

由郎を遮って千恵は頭を振った。

「違う――いいえ、同じよ。この人……同じ人だわ、お律さん」

「同じ人？」

「同じ人――同じ声……この人、あの時も同じことを言ったわ……私……白山権現で周之助さまを待っていて……」

はっとして律は縁台から立ち上がった。

「もし！　ちょっとお待ちください！」

駕籠に駆け寄って、今まさに駕籠に乗ろうとしていた、さたという女を止める。

めくられた駕籠の簾に窓がないことに今更ながら律は気付いた。

「なんでしょう?」

さたには応えずに、律は駕籠舁きに向かって問うた。

「本当に辰彦さんとやらに頼まれたのですか?」

「どういうことだい、おかみさん?」

ぞんざいな口調になって、さたに声をかけた駕籠舁きが問い返す。

「あなたがたは、どちらの駕籠屋さんからいらしたのですか?」

「私どもは二人でやってるしがない流しの駕籠ですや。たまたま通りかかった辰彦さんに頼まれたんだ」

「流し? では駕籠代は?」

「先にもらってありやすや」

「辰彦さんは流しの、会ったばかりのあなたがたに、おさたさんを託したのですか?」

「そんだけ急いでいたんでしょう」

「では、辰彦さんの顔かたちを教えてください」

「か、顔かたち? そんなのろくに覚えちゃいねぇよ」

「それなら背丈は? お着物は? 巾着でも煙草入れでもかまいません。何か辰彦さんの証になるようなことを教えてください」

「一体なんなんだ。変ないちゃもんはやめてくれ。それともなんだ？　あんた、実は辰彦さんの女房かい？」

からかい口調で男は言ったが、後ろにいた相方の目が狼狽したのを律はしかと見た。

「この方を――騙そうとしているんじゃありませんか？」

きっと律が睨みつけると、男はくるりと踵を返した。

「行くぞ！」

駕籠を置いたまま逃げ出そうとした二人の男の前に、すっと由郎が立ちはだかった。

「そうは問屋が卸しませんよ」

いつの間にやら裾を片方端折った由郎が、まずは相方の男の腕をつかんでねじり、いとも容易く引き倒す。

「この野郎！」

相方を救おうと男は由郎に飛びかかったが、由郎は相方の男を踏んづけたまま、向かって来た男の腰帯をむんずとつかみ、勢いに任せて投げ飛ばした。

律がさたを庇いつつ駕籠から離れる間に、茶屋の店主やら通りすがりの者やらが由郎に加勢して、二人の駕籠舁きは瞬く間に押さえつけられた。

茶屋の客を始め、道行く者が足を止めて男たちを取り囲む。

「なんだなんだ？」

「なんの捕物だ？」

縁台にさたを座らせると、律は顔を覆って震えている千恵の肩にそっと触れた。

「あの人よ……あの人が私を騙したの……」

「そうだったんですね」

「周之助さまに頼まれたと……だから私は駕籠に乗って……浅はかだった。莫迦な私はすっかり騙されてしまったの……ごめんなさい……ごめんなさい、お姉さん……お父さん、お母さん……莫迦な娘を許してください……」

泣きじゃくる千恵を律はしっかり抱きしめた。

「お千恵さんはなんにも悪くありません。浅はかなのはあの者たちです。こんなことを繰り返して、お天道さまが見逃す筈がないのに――」

ほどなくして番人が駆けつけて、駕籠舁きたちは番屋へとしょっ引かれて行った。

六

駕籠舁きの名は圭二と喜平で、圭二は三十五歳、喜平は二十歳とのことだった。

喜平は駕籠舁きになってまだ二年だそうだが、圭二は十五年前、勤め先の駕籠屋・栄屋と共に千恵が手込めにされた一件にかかわっていた。

「それどころか、なんと栄屋はお律さんの一件にもかかわっていたよ」

声を低めた保次郎に、律はもちろん、涼太と今井も息を呑んだ。

安曇屋での捕物から五日が経っていた。

珍しく、今井宅ではなく律の仕事場に四人で集った。今井の反対隣りに住む勝（かつ）に親類が訪ねて来ているからである。

「栄屋は万屋（よろずや）なんだが、それこそ十五、六年前から片手間に駕籠屋も始めたそうだ。表向きはまっとうな万屋と駕籠屋で、概ねまっとうな商売をしているんだが、たまにこうして悪巧み——拐（かどわ）かしや脅しに加担してきたそうだ。お千恵さんの一件は圭二には『初仕事』で、ゆえによく覚えていたようだが、白状したのはお千恵さんが覚えていたからだ。紐止めのことを聞いて、言い逃れできぬと観念したらしい」

紐止めというのは圭二が財布につけていた代物だ。

十五年前、裏稼業の噂を聞いて一人の武士が栄屋を訪れた。

森隆典（もりたかのり）という名で、浜松藩の江戸屋敷にいた者だという。

「ではもしや村松さまと同じ……？」

浜松藩は遠州（えんしゅう）——遠江国（とおとうみのくに）——にあり、千恵の許婚だった村松周之助も遠江国の出だ。

「うむ。森は村松さまと同い年で、己より身分が低いのに藩邸で重用されている村松さまを妬（ねた）んでいたらしい。圭二が聞いたところによると、森はちょうどその頃、想いを懸けていた高嶺の花にふられたようだ。そのこともあって、森は村松さまの許婚を汚すことで鬱憤を晴らそうとしたのだと……」

「なんて話だ」

言葉を失った律の隣りで涼太がつぶやく。

「森から前金を受け取った栄屋は、小僧を池見屋に走らせ、いついつに村松さまが白山権現の近くの茶屋で待つとお千恵さんに知らせたそうだ」

そのことは途切れ途切れにだが千恵から聞いていた。

遣いとして来た子供はまだ幼くて、千恵は微塵も疑わなかった。子供もまた、己が悪事の片棒を担いでいたとは知らなかったのではなかろうか。

ちょうど周之助が役目で忙しくしていた折で、束の間でもいいから会いたいと、千恵は店を手伝うという類との約束を反故にして白山権現に向かった。安曇屋で千恵が真っ先に類の名を口にしたのは、類との約束を思い出したからだろう。「おかしくなって」椿屋敷に閉じこもっていた間に二親とも亡くなったのも、千恵を一層苦しめていたと思われる。

類は類で千恵をあの日送り出したことを悔いていた。

――ちょっぴり嫌な勘が働いたのさ。うちから離れたところに呼び出すなんてそれまでなかったからね。だから、もしや出会い茶屋にでも連れ込んで、嫁入り前に手を付けようって肚なのかと疑った。けれども、村松さまは遊び人とはほど遠いお方だったから、よもやそんなことはあるまいと……それに、村松さまもお千恵も年頃の若者だ。二人は許婚なのだから、束の間の逢瀬に接吻くらいはと思って、黙って送り出したんだ——

茶屋で所在なく周之助を待っていた千恵を、圭二は同じ手口で呼び出した。

——村松さまは急用ができたそうで、今日は会えなくなったから、せめて家まで送り届けてやってくれと頼まれたんです——

そう、千恵に告げたのである。

さたもそうだったが、いささかがっかりしつつも千恵は駕籠に乗り込んだ。簾に窓がなかったために道中の様子が判らず、駕籠から降りるまで己が攫われたことに気付かなかった。

これも圭二が白状したことだが、千恵が連れ込まれたのは当時栄屋が借りていた屋敷で市中の外れにあった。

「圭二は、己は屋敷の中には入らなかったと言っていた。まだ若かったからか、表で見張りを命じられたと……」

保次郎は言葉を濁したが、「己は」ということは、相方は森と共にことに及んだのではなかろうかと、律は唇を噛んでうつむいた。

千恵の一件を、圭二は初め白を切ろうとした。さたの件は言い逃れできぬが、千恵の件はもう十五年も前のことゆえ、なんとか誤魔化せると踏んだのだろう。

だが、のちに千恵は類を通してお上に申し立てた。

――あの人、私の代わりにお茶代を出してくれました。私がもたもたしていたから……お財布には絵銭の紐止めが付いていました。絵銭といえば大黒さまや恵比寿さましか見たことがなかったけれど、あの人のは藤紋で……もしやご浪人なのかと思いました――

藤紋の絵銭などそうあるものではない。

十五年の月日の間に圭二は幾度か財布を替えたが、藤紋の絵銭はその度に新しい財布に付け替えていて、千恵の言い分の証となった。

「圭二は捨て子で、紐止めにしていた絵銭は拾われた時に懐紙に包まれてお包みの胸元に差し込んであったらしい。圭二ももしや藤紋は家紋で、己は武家の子ではないかと思っていたそうだ。それだけが心の拠り所で、いつか親の目に留まらぬものかと願って手放せなかったと言っていた。ところが歳を取るにつれて、親の目に留まるどころか、いつの間にやら親に顔向けできぬならず者になっていた、おそらく二親はもうこの世におらず、此度お千恵さんを通じて己を諫めようとしたのやもしれない――とも」

拐かしの幇助は常なら重追放だが、圭二は少なくとも二度繰り返していることから死罪を申し渡された。

圭二が白状した己の過去の罪は証言があった千恵の件のみらしいが、死を免れぬと知ったからか、栄屋の悪行は問われるままにつらつらと語ったという。

「圭二は栄屋ではもう古株でな。店の隠し大福帳の在り処も知っていた。そいつを調べるうちに、堀井屋と徳庵の名が出てきたのだよ。それでお律さんの一件も栄屋の仕業だったと知れたのだ。徳庵は駕籠は己が手配りしたように言ったが、実は栄屋とつるんでいたのだ」

護国寺へ続く音羽町には、かつて堀井屋という質屋があった。徳庵は堀井屋の主で、律の仇の小林吉之助と組んで、律を騙して駕籠で吉之助の別宅に連れ込んだのである。

「実は白山権現では、昨年、別の拐かしもあってね。こちらも栄屋の仕業ではないかと、調べているところなんだ」

「そういえば、前にお役目で白山権現に行くと仰っていましたね。あれは確か……長月だったかしら」

ふと思い出して律が言うと、保次郎はようやく少しだけ顔を和らげた。

「そうなんです。流石お律さん、よく覚えているなぁ。ずっと見つからないままだから、奉行所でも神隠しだなんて言う者が出てくる始末でね」

栄屋の調べはしばらく続きそうだが、千恵を攫った圭二の当時の相方は喧嘩で、森隆典は病で、二人とも既にこの世の者ではないという。圭二が刑に処せられれば、千恵の事件に直にかかわった者はいなくなる。

安曇屋から池見屋への道中、千恵はずっと取り乱したままだった。

律はあれから千恵に会っていないが、森や駕籠舁きたちの始末を聞いて千恵が少しは安堵しているよう切に祈った。

七

三日後。

池見屋に行った翌日に、雪永が一人で長屋を訪ねて来た。

池見屋では類は留守、千恵も姿を見なかったため、店先で手代に鞠巾着を渡したのみで帰っていた。

千恵を案じていた律は、硬い顔をした雪永を不安と共に迎え入れた。

「圭二だがね……」

千恵の名よりも先に駕籠舁きの名を雪永は口にした。

「昨日、打首になったそうだ」

「そうですか」

「栄屋の調べのために延び延びになっていたが、ようやくね……ああいった場では大の男も泣き叫んだり、怖気づいて足腰が立たなくなったりするらしいが、圭二は泣き言一つ言わず、己の足でしっかり歩いて座について、黙って刑に処せられたと聞いた」

無論、覚悟の上であったろう。だが圭二は武士の子やもしれぬということを心の拠り所にしてきたという。せめて最期だけでも武士をきどりたかったのではなかろうかと、律はぼんやり考えた。

青陽堂に湯を取りに行き、手間を省いて茶を淹れると、一口含んで雪永はようやく顔を和らげた。

「先ほど池見屋に知らせて来たんだが、やっとお千恵に会えたよ」

「そうでしたか……よかった」

「うん。安曇屋での出来事の後、お類がすぐに知らせてくれて駆けつけたんだが、お千恵は泣きっぱなしで近付けなくてね。まるで十五年前に戻ったようだと、お類も私も案じていたんだ。泣きながら大分思い出したようで、お類にはいろいろ話をしたそうだ。それでも以前のような——椿屋敷にいた頃のようにはならずに済んだようで安心したよ。圭二の死も取り乱さずに聞いてくれた」

「あの男は初め、白を切ろうとしたんです。死罪になったのは、お千恵さんが絵銭を思い出したからです。さもなければ重追放で済んだかもしれませんでした。お千恵さんの申し立ては厳罰を望んでのことでもあったと思います。ご自身や同じような目に遭った娘さんたちのために……」

「そうだね。そのことが——圭二を死に追いやったことがまた、お千恵を苦しめやしないかと案じたんだが、いやはや、どうも私はお千恵に甘いな。判っちゃいるんだが……」

惚れた弱みだ——

そんな言外の声を聞いた気がして、律は曖昧に頷くのみにとどめた。

「森や栄屋の所業は忌まわしいが、かかわりのあった者は皆もうこの世にいない。悪者が根絶やしになった訳じゃないが、少なくとも栄屋は捕まった。お千恵もだろうが、私もお類もようやく一息ついた気がしたよ。お律さんにはお世話になったね」

「とんでもない」

「そう謙遜しなくてもいいじゃないか。お律さんの武勇伝は由郎さんから聞いたさ。様子がおかしかったから由郎さんはお千恵に気を取られていたそうだが、お律さんはお千恵の言葉を聞いてすぐさまおさたさんを止めて、臆せずに圭二を問い詰めたそうだね」

「武勇伝だなんて……由郎さんにこそ驚かされました。二人と一人だったのに、あんなにあっさり捕まえてしまうなんて」

「由郎さんはああ見えて武芸者なんだよ。剣術も習ったことがあるそうだ。先だって藍井で刃傷沙汰になった時も、剣術を修めていたからこそ、相手の動きが読めたんだろう。相手のお武家は剣術は素人だったそうだが、それにしたって抜身を手にした者と素手で渡り合える者はお武家にもそういないだろう」

「そうだったんですか。剣術まで……」

「あの川柳は嘘だよ、お律さん」と、雪永は苦笑した。

「ああ、『色男、金と力はなかりけり』ですか？」

「そうそう、それだ」

役者のごとき色男の由郎が武芸者とは思いもよらず、律は由郎の生い立ちや過去に興を覚えた。だが、今は由郎のことよりも、雪永の声に嫉妬と自嘲が滲んでいるのが気にかかる。

律の胸の内を読んだかのごとく、更に苦笑を浮かべて雪永は言った。

「由郎さんは昨年三十路になったばかりだ。あの姿かたちで、粋で身なりが良くて、三十路前に己の店を、しかも日本橋に持った上に武芸にも秀でているなんて、天は依怙（えこ）贔屓が過ぎやしないかね？」

「さようでございますね」

由郎が天分に恵まれているのは疑いようがないため、律も微苦笑と共に頷いた。

でも、雪永さんだって――

材木問屋の三男で、これまで少なくとも金には不自由せずに生きてきた筈だ。

顔立ちも、由郎には及ばないもののまあ整っている方である。ただ、四十路（よそじ）過ぎとあって肉付きがよく、この二年ほどでやや腹が出てきたようだ。しかしながら、粋人としての知識や所作、人柄、貫禄では雪永の方に分がありそうである。

――お歳を気にされているのかしら？

昨年三十路になったのなら、由郎は尚介と同い年で三十一歳だ。千恵は今年三十六歳、雪永は類と同じく四十四歳だから、由郎の方が年差は小さい。

ううん。

そもそも、お千恵さんにも由郎さんにも「その気」はまったくないのだから——

「あの……お千恵さんも仰っていましたが、お千恵さんが由郎さんに会いたがっていたのは、雪永さんが藍井を贔屓にしているからです。由郎さんのこと、お千恵さんはなんとも思っていらっしゃらないようにお見受けします」

余計なこととは思いつつ、多少なりとも雪永を力づけできぬものかと、律は己の考えを口にした。

「私はその……お千恵さんには、雪永さんの方がお似合いだと……」

もごもごと律が言うと、「ははっ」と雪永が破顔(はがん)した。

「気休めはよしとくれ」

「気休めなんかじゃありません。だって、雪永さんもそうお思いなんじゃありませんか？」

形ばかりむくれて見せて、律は雪永の本音を問うてみた。

「……うん、そうだなぁ」

つぶやくように、だが口元には笑みを浮かべたまま雪永は応えた。

「そりゃお千恵とは長い付き合いだからね。気心は知れていると思っているよ。だが、我こそと自負するほど自惚(うぬぼ)れちゃいない。私にあるのは金だけ——しかも全て親の金だ。若さも力も美貌もない、これまでろくに働いたこともない、ただの道楽者さ。由郎さんとは比べものにならないよ。女性ならやはり——お千恵もいずれ——由郎さんに気を移すんじゃないかと、気が気じゃなくなってきてもおかしくないだろう？」

冗談めかした言い方だったが、本心だと思われた。

「そんな、人それぞれですよ、雪永さん」

ややからかい口調で律も応えた。

「だって、私は雪永さんよりも由郎さんよりも、うちの人が一番ですもの」

「おや、ごちそうさま」

にっこりとして雪永は付け足した。

「私は己の力不足が悔やまれてならないんだよ。椿屋敷を用意したのも、今となってはお千恵のためによかったのかどうか」

「力不足だなんて、それこそご謙遜です」

雪永さんほど、お千恵さんを深く想って、お千恵さんのために尽くしてきた人は他にいないのに——

千恵とて雪永を大切にしているのは傍（はた）からでも見て取れるし、表向きはどうあれ根底には恋情があるように律には思えるのだが、勝手に推し当てを告げるのははばかられる。

「はは、力づけてくれるのはありがたいがね。私はやっぱり……その、私が圭二をひっ捕らえてやりたかったんだ」

「それなら、雪永さん。此度のことはそもそもあのお店――安曇屋にゆかねば始まらないことでした。私どもが安曇屋に行ったのは、お千恵さんが覚えていらしたからです。雪永さんと一緒に訪ねた茶屋だから、お千恵さんは覚えていらしたんですよ。ですから、此度あの者をお縄にしたのは雪永さんでもあるんです」

「あはははは」

顔をほころばせて雪永が笑い声を上げた。

「まったくお律さんときたら――随分口達者になったものだ。だがまあ、此度の落着はめでたいことさ。村松さまになんの非もなかったことが知れたのも……」

――雪永はね、お千恵が手込めにされたのは、村松さまを妬む誰かの仕業か……はたまた村松さまがお千恵に飽きて、誰かに頼んだことじゃあないかと疑ってた――

そう類は言っていたが、雪永のみならず、類も千恵も周之助を疑ったことだろう。

圭二の証言から、周之助は事件に一切かかわりがなかったことが判った。

雪永さんは、お千恵さんの気持ちがまだ村松さまにあると思っていらっしゃるのかしら？

千恵の周之助への想いはとっくに吹っ切れているように思えたが、これもまた己が口にすべきことではない。

「でも、村松さまはお千恵さんのもとを去りました。村松さまは去って……雪永さんは留まられたではないですか」

かろうじてそれだけ言うと、雪永はゆっくりと微笑んだ。

「お律さんにはまいったな。こりゃ長居は禁物だ。うっかり余計なことを口にしてしまいそうだからね。だが、これからもお千恵をよろしく頼むよ、お律さん」

「雪永さんも……お千恵さんは私にとっても大切なお方ですから」

目を細めて律と頷き合うと、雪永は暇を告げて腰を上げた。

八

ほどなくして基二郎から残りの染料を受け取った律は、和十郎の着物に取りかかった。

善一郎の死に様に思いを馳せ、その死を悼みつつ描いたが、筆を進めるうちに善一郎と合わせて千恵のこともよく思い浮かんだ。

和十郎が「殺された」と言ったため、自死だったというお上の沙汰を律は信じ切れていなかった。

けれども、和十郎さんはただ、息子さんの自死を信じたくないだけかもしれない——

千恵が忌まわしい記憶を封じ込めていたように、和十郎もまた、善一郎の自死を受け入れられずに殺されたと思い込んでいるのやもしれなかった。

それでも彼の地で善一郎が、彼岸花の根を口にして死したことだけは間違いないようだ。

彼岸花は遠目には大きな一つの花に見えるが、実際は五つから七つほどの花が同じ花茎に咲いている。

一つ一つの花の花弁は六つで、長さは一寸半ほど、幅は二分に満たないほどで、花蕊とは反対に外に大きく反り返っている。花蕊は計七本で雌しべが一本、雄しべが六本だ。花蕊はどの花からも花茎を中心に外へ伸び、上向きに——空へ向かって反っているため、菊のごとき大輪の花に見えるのだ。

池見屋からもらってきた布を木枠に張り、青花で下絵を入れていく。

天から降ってくるがごとく、ひとまとめになった花の向きをそれぞれ変える中、少しだけ一つずつに離れた花も描き添えた。

満開の彼岸花を表すために、花と花の隙間はあまり空けず、ところによっては花を重ねる。

花蕊の下絵は入れなかった。

彼岸花の花蕊は細いが、上に弧を描いた様は繊細でありながら鋼のような強さも感じる。

花蕊は一息に、一番勝負で描き上げないと——

下絵をなぞるように描いては、ぴんと張りのある花蕊にはならぬだろう。一時はぶん回しを使うことも考えたが早々に思い直していた。ぶん回しでは思い通りの弧が一度に描けぬし、線の強弱も出しにくい。この着物の彼岸花はできるだけ本物に似せて描きたかった。

丸二日かけて袖の分も全て下絵を先に手がけた。

いつもの鞠巾着三枚を続く二日で仕上げて、改めて張り直した身頃と向き合う。

染料は深紅、赤紅、真朱を主に使い、花は一輪ずつ花蕊を含めて描いたが、花弁はともかく花蕊が重なる箇所は苦心した。

花蕊は一本ずつ、先に描いた花蕊に触れぬようにしっかり指で筆を支え、少しだけ勢いをつけ、だが急ぎ過ぎぬよう細心の注意をもって筆先を操った。

花蕊を引く度に、何やら不可思議な心地になった。

今井は彼岸を悟りの境地、極楽浄土だと言ったが、六つの花弁、それから七本の花蕊を引いていくと、この世とあの世は存外近く――花弁の向こうや花蕊の間の空白に彼岸が見え隠れしているように感ぜられた。

一つ一つの花が人のごとく、いくつかの命と繫がって、共に彼岸を――極楽浄土を――求めてこの世を生きている……そんな錯覚に律は度々陥った。

時に臙脂や緋、深緋、紅鳶などやや色を変えて身頃の花を描き、袖の端や裾には銀朱、紅緋といった黄色みが入った色を多めに用いた。

善一郎さんは「救われた」のかしら……？

救いが得られなかったこそ、死を選んだのかもしれないと由郎は言った。

一方で、救われたくて死を願う者も、死に救われる者もいる――とも。

吉之助に襲われた時は死を覚悟し、自ら舌を嚙み切ろうかと思ったが、他で死を望んだことが律にはない。

ゆえに善一郎が悩み抜いた末に死に救いを求めたとしたらやはり悲しみを覚えずにはいられないのだが、由郎の言い分や、そういった者たちがいることは否めなかった。

また、善一郎はもう彼岸へ旅立ってしまったが、まだこちら側に——此岸にいる和十郎が何らかの救いを得られぬものかと律は祈った。

——ただの弔いじゃないんだよ。殺された倅を悼むための着物なのさ——

弔いとは死を悲しみ、死者の霊を慰めることで、法会は追福や追善ともいわれ、遺された者が善根を修めて死者の冥福を祈る場である。

……悔いが消えることはないのだろう。

ぼんやりと、泣きじゃくる千恵が思い出されて律は筆を止めた。

律もそうだが、ああすれば、こうすればよかったと、人の後悔は——殊に命にかかわるものは——尽きないものだ。

それでも和十郎は追福もしくは追善として着物を仕立てようとしているのだから、己の描くこれらの彼岸花が、いくばくかでも自責の念を和らげるのに役立たぬものかと律は願わずにはいられない。

筆を握り直して再び花弁を描きつつ、律は彼岸花の異名を胸の内で唱えた。

死人花。葬式花。墓花。幽霊花。地獄花。

火事花。

毒花。痺れ花。

捨て子花。

曼殊沙華。

天上の……死と隣り合わせでありながら、この世とあの世をつなぐ、かくも不可思議で美しい花――

間にまた三枚の鞠巾着を挟んだが、下絵を描き始めてから十日のうちに律は彼岸花を描き終えて、卯月は朔日に和十郎の注文を携えて池見屋を訪れた。

「まさか、彼岸花とはね」

描き上がった身頃と袖を並べて、類はゆっくりと笑みを浮かべた。

「だから善性寺詣でを言い出したのか」

「ええ。弔いのための着物だと言われましたが、息子さんのことは――自害されたとは由郎さんから聞くまでは知らなくて……」

「そんな曰く付きじゃ、お前にはやりにくかったろう。だが上出来だよ、お律」

まっすぐな称賛に驚いて、律は思わず返答に詰まった。

上出来――

己もそうは思っていても、類の口から聞く言葉はまた違う。

「なんだい、その顔は？　そう心外な台詞でもなかったろうに」

「それでも……嬉しいんです」

からかい口調の類に、かろうじて短く律は応えた。

「なんだろうね、この花は」

再び上絵を見やって類がつぶやく。

「怖いもの見たさとはまた違うんだ。ただ美しくて、尊くて……ゆえになんだか恐ろしくて近寄り難いのに、咲いているとつい見入っちまう」

千恵は類に連れられて善性寺を訪ねたことがあったそうだが、善性寺の方はついでで類も実は彼岸花を見に行ったのではないかと律は思った。

律に目を移すと、類は静かに付け足した。

「お千恵の一件が片付いたからか、お前の描いた彼岸花が殊更染み入るね。どの花にも、どの赤にも、この世の表裏が映って見える。下染めしなかったのもまたよしだ。赤が映えるから、花を通して天上を垣間覗いているような心地になるよ」

「ありがとうございます」

「和十郎さんもきっとお気に召してくださるだろう。それにしても弔いの着物とは……由郎さんのことを言えなくなってきた」

類もまた、和十郎の思惑に興を覚えたようである。

「お律、これを見てごらん」

類が傍らの風呂敷包みを開くと、反物が一本現れた。

「これは紫鳶（むらさきとび）――ううん、紅消鼠（べにけしねずみ）……」

「五日ばかり前に、和十郎さんがうちの店で選んだ反物さ。こいつにお前の描いたものを合わせてくれって頼まれたんだ」

紫鳶も紅消鼠も赤みを帯びた暗い灰赤紫色である。ただ、「消」や「鼠」は色味のないことに使われる言葉で、紅消鼠は紅色を抑えた鼠色だ。

「反物を見て、『これがいい』って言われた時には、和十郎さんにお似合いの粋な鼠色だと思ったもんさ。だが彼岸花と合わせるとなりゃ、こいつを――紅色を殺した紅消鼠を選んだ心が気になるね」

紅色を「殺した」……

由郎から聞いた話しか知らない筈だが、類もまた善一郎は「殺された」と疑っているのだろうかと律は訝った。

「まあなんにせよ、こいつはいい着物になるよ、お律」

窺うように見つめた律へ類がくすりとして付け加えたところに、駒三の声がした。

「女将さん、あの……」

「なんだい？」

「お千恵さんが様子を見て来るようにと……」

歯切れの悪い駒三に、類が肩をすくめてみせる。

手際よく身頃と袖を畳んで、反物と一緒に仕舞うと、襖戸を開いて包みを駒三に手渡した。

「四郎たちに言って、お千恵の目につかない奥に隠してもらっとくれ」

「はい」

征四郎と藤四郎という、どちらも「四郎」がつく手代の二人を、類は「四郎たち」とまとめて呼ぶことがある。

駒三が店の方へ向かってすぐに、千恵が入れ替わりに茶櫃を抱えてやって来た。

「あら、お着物は……？」

「駒三が持ってったよ」

「まあ、ひどいわ」

「何もひどいことなんかあるもんか」

「だって、お姉さんは見たのでしょう？」

「そりゃ見たさ。うちが請け負った仕事だからね。ただ、お前に見せたらつい『うっかり』雪永に漏らしちまうやもしれないからね」

「もう！　どうせ私はうっかり者よ」

むくれる千恵にはまだどこか無理が感ぜられる。だが、いつも通りに振る舞おうとする千恵は健気で、己も変に気を回すまいと律は微笑んだ。

「雪永さんにお願いしてみてはいかがでしょう？　雪永さんは雪華の着物を和十郎さんにお見せしたんですもの。和十郎さんも、頼めばお千恵さんのために着物をお貸しくださると思います」

「そう……そうよね。雪永さんにお願いしておくわ」

「なんでしたらついでに、和十郎さんの次のお芝居を、雪永さんと一緒に観に行かれたらいかがですか？」

「和十郎さんのお芝居を？　——そうね。一代でおしまいにするには惜しい役者さんだと、あの雪永さんが仰るくらいだもの」

「そうですよ」

「和十郎さんのお芝居を観に……妙案だわ。ねぇ、お姉さん？」

「ああ、お律にしちゃ妙案だ」

くすりとした類を見て、律と千恵も笑みを交わした。

九

和十郎の着物を納めた翌朝、粂が長屋にやって来た。

香が幸之介のために、お包みと揃いの瓜坊が描かれた着物を注文したいというのである。

「香ちゃんたら……」

「おや、これはけして馴れ合いじゃありませんよ。あの瓜坊のお包み、とっても評判がいいんです。近頃はお客さまに坊ちゃんをお披露目する際はもっぱらあのお包みでして、大旦那さまが是非着物もお揃いで仕立てようと言い出したんです」

にこにことしてそう粂から言われて、律は喜びを隠せなかった。

粂を見送ったのち、早速お包みに使った下描きを見ながら、張り切って着物の下描きを描いていると、昼下がりに今度は綾乃が訪ねて来た。

「綾乃さん、いらっしゃいませ」

内心うろたえながら、律は綾乃を招き入れた。

尾上の前で綾乃に会ってから一月余りが経っている。

弥生は非番だったにもかかわらず、保次郎とは栄屋の一件でしか顔を見ていない。栄屋の話を聞いた折はそれどころではなかったために、綾乃の「御用聞き」についてはまだ切り出せていなかった。

「あの、件の話はまだ広瀬さまには……その、先月は非番でしたし、似面絵の注文もなかったのです」

「さようでしたか。次の折にはどうぞよしなに」

「え、ええ」

「本日お伺いしたのは、先日の女の人のことなんです」

「先日の……といいますと？」

「如月に、六太さんとお律さんがうちの近くまで案内して来た方ですわ」

「ああ、あの赤子を抱いた」

女の顔かたちよりも、うの吉という赤子の無邪気な笑顔が思い出されたが、綾乃の硬い顔を見て緩みかけた口元を引き締めた。

「そうです。その方です」

「あの方が何か？」

「あの後も何度かうちの近くで見かけているのです。もともとうちの近所を訪ねていらしたのだから、それだけならおかしくありませんが、どうも六太さんのことを探っているようなのですよ。仲居の一人と直が表で声をかけられたと……」

「それなら、六太さんに改めてお礼を言おうとしているんじゃないでしょうか？　ほら、あの折は急いでいらしたようだったから」

「あの人もそのつもりらしいのですが、広小路からの道案内に大げさじゃありませんこと？　大体そんなにお礼が言いたくば、青陽堂を訪ねれば済むことじゃありませんか」

あの日六太は店のお仕着せを着て、青陽堂の名が入った前掛けをつけていた。だが、女は字が、もしくは仮名しか読めぬのではないかと思って律は言った。

「もしかしたら、読み書きが不得手なのやもしれません」

「ですが、お律さん」

真剣な面持ちで綾乃は身を乗り出した。

「読み書きが不得手かどうかは知りませんが、あの人は六太さんが青陽堂の者だと知っています。『青陽堂の六太さんなのですが……』って、そう仲居にも直にも切り出したんです。お律さんが仰ったように『先日のお礼が言いたいから』と。それで、仲居にはうちに来る日取りとおよその刻限を訊ねたのみだったのですが、直には六太さんがどういった者か——つまり人柄なども訊ねたそうです。なんだか怪しくありませんか？」

「怪しい……やもしれませんね」

実のところまだなんとも言えぬと思ったが、勢い込んで話す綾乃に合わせて律は応えた。

「直はあの通りまだ子供ですし、藪入りで六太さんと親しんだこともあって、つい訊かれるがままにあれこれ応えてしまったようなんです。あの人、うちが昨年盗人に押し入られたことも知っていて、六太さんはうちの恩人だって、直は自慢したのですけれど、あんまり六太さんのことばかり訊ねるものだから、あの人の名を問うたそうです。六太さんに言伝しようと思ったようで……あの人は名を『なつ』というそうです」

「おなつさん？」

目を見張った律につられるように、綾乃はやや声を高くした。

「お心当たりが？」

「あ、いえ……ただ、先だってちょうど同じ名前を聞いたものですから。ああでも、まったくの別人ですよ」

なつは上野のあきの行方知れずだった母親の名だが、六太に道を訊ねた女とは顔立ちがまるで違う。浅草は江戸者のみならず、諸国からの旅人にも人気の町であり、なつという名も珍しくない。

がっかりするかと思いきや、綾乃は眉をひそめたのみで、きりっと律を見つめて言った。

「私は、なつというのは偽りだと思うのです」

「偽り？」

「直が言ったんです。直が名を問うた時、あの人、少しばかり困った顔をして、すぐには応えなかったそうなんです」

「そうですか……」

だが、女が呼んだ赤子の「うの吉」が偽りの名とは律には思えず、よって、なつが己の名を偽るとは考え難い。

「あの、でも、急に問われて面食らっただけやもしれませんし、そもそも赤ん坊を連れての遠出は一苦労です」

いまだ近所の散歩さえままならぬという香を思い浮かべて、律は言った。

「浅草にお住まいなら、神田までいらっしゃるのは手間なので、あの辺りでもう一度六太さんに会えないかと願っていらっしゃるんじゃないかしら？」

「そうですわね……それならよいのですけれど、何やら気になった——つまり勘働きがあったのです。だって昨日は私が声をかけようとしたら、急に踵を返して逃げたのですよ」

勘働きなどと、御用聞きが言いそうな言葉を使う綾乃に、ついくすりとしそうになるのを律はこらえた。

そういえば、睦月にも似たようなことがあった——と、律は藪入り前の長谷屋での出来事を思い出した。六太を追って長谷屋にやって来た綾乃が、六太をつけていると思しき「怪しい女の人」がいると言ったのである。

あの時の女は律が表に出るとすぐにいなくなったが、ちらりとしか見ていなくても道を訊ねたなつとは身体つきがまず違っている。

御用聞きごっこもいいのだけれど——

律の困惑をよそに、綾乃は更に付け加えた。

「いくら親切にしてもらったからって、通りすがりに一度きりの出来事です。それなのにこんな風にしつこくするのは、あの人に下心があるからじゃないかと思うんです」

「し、下心？」

思わず声が高くなる。

「そうです。あの人、六太さんに一目惚れしたんじゃないかしら？」

「そ、そんな筈は」

「あら、お律さんだって長谷屋で言ったじゃありませんか。六太さんをつけていたやもしれない女の人のことを、六太さんに『気がある方かもしれない』と」

「あの方はお歳が判らなかったから……六太さんは今年十五ですよ。おなつさんはおそらく二十歳過ぎ――二十二、三という年頃じゃなかったかしら？　それにお子さんだって……」

一度きり、束の間だったこともあってぼんやりとしか思い出せぬが、十代とはとても思えなかった。

「でも、お律さん。六太さんは昨年から背丈も伸びたし、声も殿方らしくなりましたわ。あの人は確かに私より年上でしょうが、赤ん坊はあの人の子供とは限りませんよ。しかと見比べてはおりませんが、顔立ちはあまり似ていないようでしたから、子守をしているだけやもしれません。何より鉄漿をつけていませんでしたわ」

言われてみれば、今思い返せばなつは鉄漿をつけておらず、引眉でもなかった。またうの吉は細面で、赤子ながらに富士額、引き目におちょぼ口と女児のように愛らしく、対してなつは丸顔に目も丸く、口が大きかったような覚えがある。

だが、これから「母」となる者の勘といおうか。

――ねぇ、うの吉や――

そう赤子を呼んだなつは、紛れもなくうの吉の「母親」だったと思うのだ。

加えて、綾乃は聞いていないが、律と六太がそれぞれ「おっかさん」「お母さん」と言った時もなつは否定しなかった。

その場限りと思って、聞き流したのかしら?

鉄漿は、赤ん坊のお世話で手が回らなかっただけじゃないかしら……?

しかしながら出産までまだ幾月もある身で、「母の勘」などと口にするのは恥ずかしい。

「ですが、そうはいっても――その、いくらなんでも恋心とは……ああ、そうだ。もしかしたら、六太さんはおなつさんのご兄弟に似ているのやもしれませんよ? 郷里に弟さんでもいらっしゃるんじゃないかしら?」

「それならきっと腹違いね。だってあの人、六太さんとも似ていないもの」

綾乃の口から「腹違い」などという言葉を聞くとは思わず、律は内心ぎょっとしたが、妾を持つにしても先立つものが入り用だ。ゆえに、存外綾乃のような裕福な家の者には馴染みがある言葉なのやもしれなかった。

また綾乃の言う通り、六太もなつには似ていない。

「まあ、もしも下心でもいいのです」

「えっ?」

「姉さん女房だって悪くはありませんわ。私は――いえ、うちはただ、恩人の六太さんに変な女の人に引っかかって欲しくないのです。六太さんはまだお若くて、うぶな方ですから尚更です。お律さん――ううん、青陽堂さんだって、六太さんがろくでもない女の人にたらし込まれたらお困りでしょう？」

「はあ、まあ……」

「ですから、あべこべに私があの人の身辺を探ってみようと思います。六太さんにふさわしい人かどうか――そこでお律さん、似面絵を描いていただけませんか？」

「えっ？」

「六太さんのためです。お願いします、お律さん。お代もちゃんとお支払いいたしますわ」

なつに下心があるとはとても信じられぬが、綾乃を説き伏せるよりも似面絵を描く方が容易く思えた。

「判りました。ですが、似面絵はお上の御用でしか描かないことにしています。どうかくれぐれもご内密に願えますか？」

「もちろんです！　もちろん内密にいたしますわ」

弾んだ声で応える綾乃に微苦笑を返して、律は文机を引き寄せた。

たらし込まれるだなんて、六太さんに限って――

そうは思うものの、六太も年頃の少年――否、男である。

それにしても綾乃さんたら……

六太のおかげで、尾上は盗まれた金を取り戻すことができた。さもなくば店は潰れていただろうから、尾上が六太を「恩人」と呼ぶのは頷ける。だが、綾乃の六太への気遣いにはそれとは別に――直太郎への慈愛のごとく――綾乃自身の温かさが感ぜられる。

「どうもありがとうございます。六太さん――ひいてはうちの店をこんなにもご贔屓してくだすって」

似面絵を描きながら律が礼を述べると、綾乃はくすぐったそうにはにかんだ。

「ふふ、お律さんたら……『うちの店』だなんて、若おかみが板についてきましたわね」

からかい口調で言われて、律もくすぐったくなって笑みをこぼした。

十

八ツの鐘を聞いて、涼太はおよそ十日ぶりに今井宅に向かった。

いい空合（そらあい）が続いていて、ここしばらく毎日売り込みに出歩いていたのだ。

律は伏野屋に出かけていた。香から着物の注文を受け、色を揃えるために前に渡したお包みを借りに行ったのである。

「今頃、二人もおやつで飲み食いしていることでしょう」

「そうだな。瓜坊の下描きを広げて話が弾んでいることだろう。そっくり同じじゃつまらぬだろうと、お律は何枚も下描きを描いていたからなぁ」

「瓜坊か……」

今井と二人分の茶の支度をしながら涼太はつぶやいた。

律の最後の月のものから逆算すると、赤子を授かったのはおそらく師走で、お産は長月になるらしい。とすると、我が子の干支も香の子供と同じく亥になる。

「これから、もっとたくさん描くことになりそうだな」

今井が目を細めるのへ涼太も頷く。

「ええ。ですが、俺はまだ今一つぴんときませんや。ああいや、お律の腹もそれとなくふっくらしてきやしたし、長月がそりゃあ楽しみではあるんですが、なんだかこう、あと半年もしねぇうちに自分が父親になるとは、どうも信じ難いといいやすか……」

律は悪阻がしばらく大変そうだったが、己の方は今のところ暮らしに障りがない。

否。懐妊を知ってから睦みごとは控えてきたから、時に不満がなくもなかった。

だが、昨年の売り込みが功を奏したらしく、年明けてから徐々に店が忙しくなってきたために、涼太はますます売り込みに力を入れるようになっていた。外出が増えた分疲労も増して、このところ床に入るとすぐに眠気に襲われる。また、「こと」には至らずとも「睦み合い」は絶えてはおらず、時折律に触れ、触れられるだけでどことなく満たされてきた。

「これぱかりは私にはなんとも言えんよ」

くすりとして今井が言った。

「まあ、腹が大きくなるでなし、産みの苦しみがあるでなし、男親の方が女親より大分気楽には思えるがね。だが長月なんて案外すぐだぞ、涼太。なんせ、年明けてもう既に三月が過ぎてしまったのだからな」

「まったくですや」

——次の花見までには、己が必ず店を盛り返してみせる——

そう涼太が大見得を切ったのは昨年の如月だった。

ところが、如月どころか弥生も過ぎたが、まだ一昨年の売上にはどうも足りない。

年越しまでには、いや、あと半年もあれば——

この調子ならそれこそ長月までにはなんとかなりそうではあるが、油断は禁物である。

律との祝言を先に許してもらった手前、佐和や清次郎、勘兵衛に対して涼太は何やら肩身が狭い。にもかかわらず、律が身ごもったことで一時は一人前になった気がしたものだ。生まれてくる子は男でも女でも、青陽堂の主になる筈だ。ゆえに、これで店も安泰だと皆に祝福されて、己がまだ一手代に過ぎぬことを束の間忘れていたのである。

まったく、うつけにもほどがある……。

「尚介さんが言うには、男というのは、こと赤子に関しては、生まれてからも大して役に立てぬから、せいぜい甲斐性を磨いておけと……ですから、俺はせいぜい店のことに精を出そうと思いやす」

「ははは、まあ、伏野屋の主ともなれば、子守にかまけてはおれまいな」

今井と笑い合いながら、のんびり茶のひとときを楽しんでいると、近付いて来た足音が戸口の外で止まった。

「おやつ時にすいやせん。太郎です」

「お入り」

今井に言われて太郎がひょいと姿を現す。

「似面絵かね？　あいにくお律は今日は留守なんだが」

「なんだ、そうでしたか。この時分だったらと思って来たんですが……」

「せっかくだから、お茶を飲んでおゆき」

「へへ、そんなら馳走になりやす」

遠慮がちに、太郎は草履は脱がずに上がりかまちに腰かけた。

「また盗人かい？　それとも火付？」

茶を淹れながら涼太が問うと、太郎は懐から畳んだ紙を取り出した。

「いえ、今日はこいつを描き直してもらえねぇかと思いやして」

紙を開くと、頭巾をかぶった女の顔が現れる。

「うん？　これは？」

「山田屋のおはんが、盗人一味の下見役じゃねぇかって濡れ衣を着せた女です」

「山田屋というと――跡取りが金を盗んでいた旅籠か」

「その山田屋でさ。俺ぁ初めからこの女にはなんだか見覚えがあるようで、ずっと気になっていたんです。それで盗人が跡取りだと知れた後、似面絵はもういらねぇってことになりやしたが、俺は殿に頼んで一枚もらっておいたんです。でもって、ここしばらく暇を見つけては思い出そうとしてたんですが、持ち歩くうちにこんなになっちまって……」

似面絵は折り目が破れ、しわくちゃになったところは墨が薄れている。

だが、この女には見覚えがある――

「若旦那？」

「この顔は……どこかで見たような……」

「えっ？」

「ただ、どこで見かけたのかちょっと思い出せないな。先生はどうですか？」

向かいから似面絵を覗き込んだ今井に涼太は訊ねた。

「ほら、先だって木戸の前にいた頭巾の女を気にかけていらしたでしょう？」

その女はあきという少女の母親やもしれず、その母親のなつは、どうもこの似面絵の女に似ていたと律は言っていた。

「ううむ。似ているような、そうでもないような……いやつまりは似ているとは思うのだが、すまん、私はお前ほど人を見ておらぬし、覚えもよくないのだよ」

涼太と今井の顔を交互に見やって太郎が問うた。

「木戸ってこの長屋の木戸ですか？　この女がいたんですか？」

身を乗り出した太郎へ、今井が木戸の前で見かけた女やあきの母親のことを話した。

女は今井の向こうにいて、青陽堂とは反対側へ去って行ったため、涼太は女の顔を見ていない。

とすると、一体俺はいつ、どこでこの女を見かけたのか……

絶世の美女とはいえないが、なかなか整った顔立ちで、ふっくらとした下唇には年増の色気を感じる。記憶をたどるも、思い浮かぶのは近頃出かけた売り込み先の女将やら仲居やら茶汲み女やらで、似面絵に似た者はいなかった。

「そもそも太郎さんは、どうしてこの女を探してるんですか？　まさか、好みの女というんじゃないですよね？」

「見損なわねぇでくだせぇ、若旦那。惚れた腫れたの話じゃねぇです。こいつはそれこそ誰かの一味の下見か引き込み、もしくは頭の女じゃねぇかと……」

となると、己が「見かけた」とすれば律が保次郎に描いた似面絵か、捕物の場かと思われ、心当たりはますます限られてくる。

「ううむ」

「若旦那、頼みます」

太郎に拝まれ、涼太は今一度似面絵をじっと睨んだ。

「頭巾がなかったらなぁ……髷や簪が判れば——あっ」

ふと閃いて涼太は声を高くした。

「あいつに似てないか？」

「は？」

「役者だよ」

「役者って——女形かなんかですか？」

「違う。尾上に押し入った巾一味の『役者』だ。名は確か卯之介だったか。ほら、眉と目尻と鼻筋があいつに似ている」

言いながら、涼太は似面絵の目頭と唇を指で隠した。唇も形は似ていないことはないのだが、卯之介は似面絵よりは下唇がやや薄かった。「役者」というのは涼太たちが付けたあだ名で、卯之介が役者のごとき美男だったからである。

「そうか。卯之介に似てたのか。なんだ、俺としたことが」

呆れ声で太郎がつぶやく。

巾一味の似面絵は涼太も散々見ていた。似面絵の女は卯之介に似ているがそっくりではない。ただ、改めて卯之介の顔を思い出すと、目鼻立ちそのものよりもそれらの部位——眉や目鼻、鼻筋から唇への隔たり具合が似ているために、やはり、殊に大川橋の袂で見つけた女装の卯之介を思わせる。

「そうかそうか、卯之介か。そんなら似面絵はもう用無しだ。どうも余計なお手間を取らせちまった。焚き付けにでもしてくだせぇ」

盆の窪に手をやって太郎は言ったが、涼太は更に思い出した。

「いや待て。卯之介には妹がいた」

「あっ」

太郎と共に今井もはっとする。

「山田屋は今戸町だったな。巾一味の隠れ家だった船宿の近くじゃないか?」と、今井。

「ええ。山田屋は新鳥越橋からほど近く、やつらを捕らえた船宿はその少し先です。卯之介の妹の名は仮名ではるだった筈……」

「おあきの母親の名がなつだが、はるとなつ、偶然が過ぎると思わぬか?」

「まさしく。おなつさんは結句、浅草で見つかったんでしたね。とすると、おなつさんはおはるの姉妹、さもなくば親類やもしれません」

「なるほど」と、太郎が頷いた。「おなつさんてお人は、おはると卯之介を偲んで浅草をうろついていたんですかね?」

「うん。だが、おはるは死罪にはならなかったんじゃ……?」

巾一味は船宿の他にも隠れ家を持っていて、はるは聖天町の隠れ家の家守であった。一味はこの隠れ家に金を隠してから船宿に向かったため、船宿で捕らえた時には金を持っていなかった。金を取り戻すことができたのは、六太がこの隠れ家に「はる」という女がいたことと、船宿への道筋をそれとなく覚えていたからだ。

「そうでした。おはるは兄や一味に脅されて、家のことを手伝っていただけだと言い張ったんでしたや。卯之介はもちろん、巾や阿吽、せむし男も揃っておはるを脅していたと白状したと聞きやした」

つまりはもしもの際ははるだけでも助けようと一味で口裏を合わせていたのだろうが、はるが直に盗みを働いていなかったのは本当らしい。

「よっておはるは死罪を免れたが、それでも江戸払になったような……うろ覚えですいやせん。あんときゃ小倉さまは巾一味で手が一杯で、おはるや巾を押さえたのは別のお方だったもんで」

江戸払は刑罰の一つで、日本橋を中心に四里四方の外への追放だ。

山田屋のはんが似面絵の女を見かけたのは師走だった。鉛色の着物に濃紺の頭巾と帯、帯にはよく見ると滝縞が入っていたという。

「この女に似た者を――いや、似た頭巾やら着物やらを着た者を、長谷屋でお律が見かけたのが睦月の藪入り前だ」と、今井。「おあきが母親のおなつさんがが行方知れずだとやって来たのが如月で、お律はおなつさんがこの似面絵の女に似ていると言ったんだ」

あきはそののち、浅草にてなつを見つけた。なつは一連の女と似た着物を持っていたそうだから、山田屋や長谷屋の前にいた女もなつだったという見込みは高い。

「それから、先生が見かけた木戸の前にいた女……身なりは違えど、あれももしやおなつさんだったなら、何ゆえ長屋まで一人でやって来たのか……？」

己がどの女も「見て」いないのが悔やまれる。

涼太は人の顔や名前を覚えるのが大得意だ。保次郎が折々に「人探しの才」と賛辞するように、こと「人探し」に関しては勘や運にも恵まれていると自負している。

「四人が皆他人とは思えません」

「うむ」と、今井。

「ですな」と、太郎。

「けど、皆おなつさんだとしたら、先生が言うように偶然が過ぎやす」

「うむ」

「ですな」

二人がまったく同じ相槌を返した矢先、ぱたぱたと足音がして、開けっ放しの戸口から丁稚の新助が顔を覗かせた。

「若旦那、勇一郎さんがおいでです」

「ああ、今行く」

友人の勇一郎は日本橋の扇屋・美坂屋の跡取りだ。神田明神の近くに馴染みの女がいるからか、時折青陽堂にも顔を出す。

「この似面絵は私が預かってもよいですか？」

涼太が太郎に訊ねる傍らで、新助がつぶやいた。

「あ、その人……」

「知ってるのか、新助？」

「店の前で何度かお見かけしました……と思います」

やや小声になって新助が言う。

嫌な予感が胸をよぎった。

きっと目つきを鋭くして太郎が言った。

「若旦那、俺ぁちょいとおはるのことを小倉さまに訊ねてみやす」

「私は広瀬さまに、おなつさんのことを伺ってみる」

「――それがよい」

三人で頷き合うと、不安な顔をした新助を促して、涼太は今井宅を後にした。

第四章　しのぶ彼岸花

一

「お律さん、お客さまです」

卯月も半ばの昼下がり、新助に案内されて来たのは和十郎だった。

「まあ、どうぞお上がりくださいまし」

「仕事中すまないね」

丁寧に草履を揃えてから座敷に上がると、和十郎は律の向かいに腰を下ろした。

「着物の礼を言いたくてね。心付けも直に渡したかった」

そう言って和十郎は懐紙の包みを差し出した。

「わざわざありがとうございます」

包みを受け取って、律は窺うようにして次の言葉を探した。

「あの――」

「気に入ったよ。だからこそこうして出向いて来たんだ」

微笑んで、和十郎は言った。

「一昨日受け取ってね。見事だった。ああ、下描きは見ていたが、本物はやはり違う。実は、色がついたら、もっと恨みがましい絵になるんじゃないかと思っていたんだ。だがそんなことはちっともなかった」

「それはようございました」

恨みを込めた覚えはないから、律は安堵しながら頬を緩めた。

「ただ、あの着物を眺めているとなんだかこう、胸がつかえてね。まだ袖は通していないんだ。――ああでも」

落胆が顔に出たようで、慰めるように和十郎は急いで続けた。

「前とは少し違うんだ。倅が殺されてから私はずっと、間違って石ころでも呑み込んじまったかのように胸が重かった。吐き出そうとしても吐き出せない石ころを、ずっと抱えているようだったさ」

そっと胸をさすってから和十郎は再び微笑する。

「まったく消えちまったってんじゃないがね。あんた、前に言ったろう？　彼岸花ってのは華奢なのにどこか怖い――けど、つい見つめちまうんだって」

「ええ」

「……倅の亡骸は彼岸花の中で見つかったんだ。倅は彼岸花に囲まれて死んでいたんだよ」

由郎から聞いて既に知っていたが、律はただ聞き入った。

「だから、私はずっと彼岸花を見るのがつらかった。いや、今でもそうだ。彼岸花を見れば、どうしたって倅を思い出しちまうからな。だがあんた――お律さんの描いた花を見て、やっぱり綺麗だと思ったんだ。悔しくて、忌まわしくて、恐ろしいのに、あの着物はもう何度も眺めた。何度眺めても取り返しのつかないことばかり思い出されるが、それでも一つ一つの花があんまり綺麗で……お律さんに頼んでよかったよ」

「よかった……ようございました」

己が込めた願いが少しは叶ったようで律は胸を熱くした。

と同時に、由郎の言葉を思い出す。

――内緒だ秘密だと言いながら――当人が知る知らずにかかわらず――実は話してしまいたいことがあるんじゃないかと――

今になって息子が――善一郎が彼岸花の中で死したと、和十郎は打ち明けた。

今なら、悔しく、忌まわしい出来事を話してもらえるのではないか、と律は思った。

話してしまいたいと、和十郎が望んでいるのではないか、とも。

だが、直に善一郎の死に様を問いかけるのは、律にはやはり躊躇われる。

「……あの、広瀬さまからお聞きしたのですけれど、少し前に悪者が捕まったんです」

「うん？」

「十五年前に悪さをして逃げ切った人が、同じことをしようとして此度はお縄になったんです。少なくとも二度は悪さをしたので、『改悛の情なし』と死罪になりました」

「そりゃよかった」

「ええ。だって、悪さをされた人はずっと苦しんでいたんです」

「じゃあ、ようやく溜飲が下がったろう」

「それは判りません。悪者がいなくなったのはようございましたが、罪や過去は変わりませんから。時が経つにつれて痛みや苦しみは和らぐやもしれません。ですが、すっかりなくなることはないと思うんです」

律とていまだ吉之助を恨んでやまず、父母恋しさに胸が痛む。

「お律さんも二親を殺されたんだったな」

「はい」

「そりゃ、すっかり忘れちまえはしねぇやな。私もおそらく……どんな始末になっても、倅を亡くしたことに変わりはないからな」

お律さん「も」「殺された」……

――けれども和十郎さんの言う通りだ。

自死だろうが殺人だろうが、善一郎さんが亡くなったことに変わりはない……

和十郎の目に微かに迷いが浮かぶのを見て、律は束の間、次の言葉を待った。

「……なんだかしめっぽくなっちまったな」

ゆっくりと微苦笑を漏らして和十郎は言った。

「変な話だが、彼岸が楽しみになってきたよ。あの着物のおかげだ。雪永さんも驚くだろう。ふ、ふ、しばらくもったいぶってやろうかな」

律は善一郎のことを問えぬまま、改めて礼を述べる和十郎に頭を下げた。

二

――おなつさんは、おはるとつながりがあるんじゃやねぇだろうか――

涼太からそう告げられたのは十日前だ。

なつがはるや卯之介と血縁なら、なつは巾一味が捕まるきっかけとなった六太を逆恨みしているのではなかろうか、と言うのである。

――長屋の木戸も、六太の名札を探していたのやもしれねぇ――

――だからって、逆恨みは大げさじゃないかしら。気にかかるのは判るけど――

――そうだな。だが用心に越したこたねぇ――

太郎から預かったという似面絵を改めて眺めてみると、昨年描いた卯之介という男がうっすらと思い出された。

――俺は女の格好をした卯之介を見ているから――

そう言って涼太は微笑を浮かべたが、謙遜もいいところである。

男女が違ったのはもとより、卯之介を描いたのは一年も前のことだ。卯之介の顔を見知っていた太郎でさえも気付かなかったのだから、己が思いもよらなかったのは致し方ないと思う反面、涼太の物覚えの良さと見識に舌を巻いた。

太郎が記憶していた通り、卯之介の妹のはるは死罪を免れ、江戸払になっていた。

涼太は広瀬家に出向き、あきやなつの身内について知りたき旨、保次郎に宛てて言伝を残していたが、月番の保次郎は忙しいようでいまだ音沙汰はない。取り越し苦労を願って事情は伏せたものの、店の者には似面絵を見せて回った。女が現れたら涼太か今井に知らせるように頼んであるが、この十日ほどは新助を含め誰も見かけてない。

和十郎を木戸の外まで出て見送ると、入れ違いに東の方から六太が帰って来た。

「六太さん」

呼び止めたのは、もう一人の「なつ」という女のことを問うためだ。

綾乃から聞いた話を六太にも伝えておこうと思いつつ、綾乃が「一目惚れ」だの「姉さん女房」だのと言ったものだから、なかなか切り出せずにいたのだった。恵蔵を始め他の者たちと一緒の時ではからかいの的となりそうであり、また、なつがただ礼を言うため――と律は踏んでいる――なら、六太に余計なことを吹き込むこともあるまいと迷っていた。

「あの、先だって広小路から尾上まで案内した方を覚えていますか?」

「ああ、おなつさんですね」

「お名前を知ってるの？」

驚いて律は問い返す。

「ええ。あれから二度お目にかかりまして」

「二度も？」

もしや一目惚れという綾乃の推し当てが当たっていたのだろうかと、律は更に驚いた。

だが、その割には六太は平静だ。

「昨日もお話ししましたよ」

茶を届けるのは月に一、二度なのだが、十日に一度ほど、浅草近辺を回る際には尾上に顔を出し、諸用がないか伺っているという。

「近々江戸を離れるそうです」

「そうなんですか？」

「はい。おなつさんは伊豆からいらしたそうで、郷里に私と同じ名の弟さんがいるそうです。ですから、ちょうどまた尾上の近くでお目にかかった折に声をかけてくだすったんです。ご両親を亡くしてからお嫁にいって、旦那さまが江戸に出るのへついてきたそうですが、昨年、旦那さまがお亡くなりになったとか。うの吉がまだ小さいので躊躇っていたけれど、江戸には身寄りがいないから、やはり在所へ帰りたいと仰っていました」

「そうだったの……」

六太に「似て」はいなくとも「郷里に弟」という己の推し当ては当たっていたようで、律はほっとしながら相槌を打った。

「私も二親を亡くしていることをお話ししたら、ますます弟さんが思い出されたそうで、わざわざ尾上に私のことをお訊ねになって、昨日は待っていてくだすったようです。弟さんと同じ名を持つ私と巡り合わせたことで江戸を離れる踏ん切りがついたから、旅立つ前にもう一度お礼を言いたかったと仰って、お饅頭を二つくださいました」

「なぁんだ。安心したわ」

胸を撫で下ろして律は言った。

「綾乃さんが案じていらしたのよ」

「綾乃さんが？」

綾乃の推し当てを伝えるうちに、六太の頬がほんのり染まる。

「一目惚れだなんて……そんなことあるものですか。わざわざこちらまでいらして、お律さんの手を煩わせて似面絵まで……」

「六太さんを恩人と思えばこそよ」

律が微笑むと、六太はますます顔を赤くした。

「ああ、そう言えば、恵蔵さんの嫁取りが文月に決まりました」

照れ臭さからか六太は話を変えた。

「女将さんと旦那さんが、お揃いで深川まで出向いてくだすったそうで」

「私もそう聞いたわ」

恵蔵の恋人はゆかりという名で、深川で茶汲み女をしているという。

祝言の差配を任された涼太が、ゆかりやゆかりの住む長屋の大家と話し合い、結納の儀の代わりの顔合わせが大安吉日だった昨日取り持たれた。恵蔵もゆかりも身寄りがいないゆえに、ゆかりには大家が、恵蔵には佐和と清次郎が「親代わり」として顔を合わせた。

もともとそのつもりだった恵蔵の祝言は、文月の藪入りに青陽堂で執り行うことが改めて決まった。

「おめでたいことなのですが、今からなんとも寂しくて」

「通いになるだけだわ。できるだけ近くの長屋を探しているところよ」

「そうなんですが、一つ屋根の下でなくなるのはやはり寂しいです」

六太が眉尻を下げたところへ、恵蔵が客を見送りに表へ出て来て、律たちは二人して口をつぐんだ。

「では、そろそろ仕事に戻ります」

「ええ、私も」

律が頷くと六太はちょこんと頭を下げて、恵蔵のもとへ急いで行った。

三

雪永が長屋を訪ねて来たのは四日後だ。

「抹茶が切れかけてたんでね。青陽堂に寄ったついでに――というのはこじつけで、和十郎さんの着物を見た――いや、見せびらかされたんでね」

微苦笑と共に雪永は切り出した。

「お類も何も教えちゃくれなかったからね。まさか弔いの着物とは思わなかった。雪華の着物とは紅白裏腹だったが、どちらもこう、何やら尊いものが天から降りてきたような……殊(こと)に彼岸花は曼殊沙華――天上の花ともいうからね」

「ええ」

「だが、めでたいというんじゃないんだなぁ……あれは美しいが、人にはどうしようもない、抗(あらが)いがたい天意だよ。どうしようもないから、美しくてもつい慄(おのの)いちまう。いやはや、まいったよ、お律さん」

類と和十郎に続いて、粋人の雪永の称賛はひとしおだ。

「お褒めのお言葉、嬉しゅうございます。……あの着物を描いていた時、お千恵さんのこともよく思い出したんです」

「お千恵のことも？」

「お千恵さんも、ずっと昔のことで苦しんでいらしたから……」

「和十郎さんの息子さん――善一郎さんが善性寺の近くで自死したことは、由郎さんから聞いたんだったね」

「はい。善一郎さんは和十郎さんの隠し子だった、とも」

「あの着物を見て、私もすぐさま善一郎さんのことを思い出したよ。善一郎さんのことはあんまり話してくれないんだがね。由郎さんよりは長い付き合いだから私の方が知ってるようだ。それだけ年を取ったってことでもあるが……お律さんを見込んで明かそう。口止めされた覚えはないんだが、吹聴することではないから皆には黙っておいてくれるかい？」

律が頷くと、声を低めて雪永は続けた。

「表向きは隠し子としていたんだが、善一郎さんは本当は捨て子だったんだ。捨てられていたのは善性寺の近くの彼岸花が根ざした地――つまり、善一郎さんは己が拾われた地で命を絶ったんだよ」

「そんな」

真っ先に思い浮かんだのは「捨て子花」だ。

何も、捨て子花の地に子供を捨てなくたって――

善一郎を捨てた見知らぬ者に腹を立て、それから同じ地を死に場所に選んだ善一郎を思ってやるせなくなる。

「――二十五年前、和十郎さんは端午の節句にふらりと寛永寺から天王寺、善性寺へと足を向けて、件の地で善一郎さんを拾ったそうだ」

善性寺へ預けて帰ろうとしたものの、すぐに思い直した。

「赤子が愛らしかったというのもあるんだが、しばしでも赤子と過ごすことが、女形として芸の肥やしになるんじゃないかと思ったそうだよ」

念のため善性寺に己の身元を明かし、赤子だった善一郎を連れて帰った。隠し子を引き取ったことにして、男手一つで善一郎を育て上げた。

「私が善一郎さんに会ったのは大昔、ほんの幾度かだ。その頃はまだ少年だったが、父親としても役者としても和十郎さんを慕っていた。だが年頃になるにつれて、なんだかぎくしゃくしていったらしい」

「仲違いした、と和十郎さんは仰っていました」

「うん。でもまあ、よくあることだろう？　家を出た時、善一郎さんは十七だったか……それくらいの年頃の少年、いや男なら、恩知らずにも親父の言うことなすこと、なんでも難癖つけたくなるものだ」

ぼんぼんの雪永でさえも、そういった時があったのやもしれない。

「どうして仲違いしたのかは聞かなかったが、行方知れずだと言いながら、和十郎さんは善一郎さんの居所を知っているようだった。無論案じてはいたが、『仕方のないやつだ』『いずれ目を覚ますだろう』と、好きにさせる気でいたよ。だからまさか、お上から息子の死を聞くことになろうとは思いもよらなかったんだろう」

「あの……自死というのは間違いないのでしょうか？」

「どうしてだい？」

「和十郎さんは、息子さんは『殺された』と言ったんです」

着物の注文を受けた折に和十郎から聞いた言葉を伝えると、雪永はしばし沈思してから口を開いた。

「うん、私も初めはそう聞いた。和十郎さんはそう信じている——そう信じたいんじゃないだろうか。『殺された』といっても人殺しじゃなく、和十郎さんが言った通り、己が『殺したも同然』だと……行方知れずだった三年の間に、善一郎さんに何があったのかは判らないがね。逆縁ってのはただでさえつらいものなのに、自死なら尚更だろう。子供がいない私には判じ難いが、我が子が自ら命を絶つのと、己が手で殺すのと、親にはどちらがつらいんだろうね……？」

つぶやきのごとき問いに、応えられずに律はうつむいた。

我が子が自ら命を絶つのと。

己が手で殺すのと——

「ただ――これは他の者から聞いた話だが、お上が自死としたのには、それなりの証があったからだ。彼の地には一人分の足跡しかなく、争いごとの跡はなかった。善一郎さんの手には土がついていたそうだ。善一郎さんは一人で彼岸花の中に足を踏み入れ、その根を掘り起こして口にした――そう、お上は判じたのだよ」

「……そうですか」

「迷子札もそうだ」

「迷子札？」

「ああ。善一郎さんは、和十郎さんが子供の頃に持たせていた迷子札を財布に忍ばせていたんだよ。あの迷子札があったから、時をおかずして和十郎さんに知らせがきたんだ。財布には迷子札しか入ってなかったそうだ。金はないが財布が残っていたことや、一人分の足跡からして物取りじゃない。よって覚悟の上の自死だったんだろうとお上は判じたんだよ」

四

池見屋が見えてきた矢先、表にいた千恵が律に気付いて声を上げた。

「お律さん！　まあ！　早く早く！」

「お千恵さん……？」

小走りに池見屋に近付くと、駆け寄って来た千恵が再び弾んだ声を出す。

「注文よ！　お着物よ！」

「えっ？」

「暖簾よ！」

「えっ？　着物じゃなくて暖簾ですか？」

「どっちもよ！」

千恵に手を引かれて池見屋の暖簾をくぐると、類が呆れ声でたしなめる。

「うるさいよ、お千恵」

「ごめんなさい。でも、そろそろかしらと思って表に出たら、本当にいらしたんだもの」

「早く奥へ連れておゆき」

「はい、女将さん」

店にいた数人の客に頭を下げつつ、千恵は律を座敷へといざなった。

「うふふ。まずはお茶を淹れますね」

いそいそと千恵が茶の支度をする間に、類も座敷へやって来た。

「あ、お姉さん——女将さん、お知らせするのは私よ」

「もう知らせたじゃないか。みんなの前で、大声で」

「まだよ。まだ全部話してないのよ」

「じゃあ、早くおし」

類に言われて、千恵は律の方へ向き直る。

「あのね、お着物と暖簾の注文がきたの。女の子の鞠のお着物と蓮の暖簾よ」

「鞠の着物と蓮の暖簾……」

「よかったわね、お律さん」

千恵がにっこりするのへ、「はい」と律も微笑んだ。

鞠の着物と聞いてほんのちょっぴりがっかりしたが、巾着に続いて着物も注文が増えれば願ったり叶ったりだ。子供の着物なら既に次の注文を見越して、小さい鞠と大きい鞠の二種の型を作ってあった。

暖簾の注文は二度目だが、蓮なら昨年、鞠巾着として描いている。下描きは使わなかったものも含めて全て取ってあるから、意匠にはそう迷わずに済みそうである。

何より、千恵の顔に明るさが戻ってきたことが喜ばしい。

「二つとも『まんまや』ってお菓子屋さんの注文なのよ。女将さんの名前はお充さん。まんまやは、ええと……坂本町よ。三丁目よ。ね？　そうだったわね？」

「うん、上出来だ」

類が頷くのを見て、千恵は誇らしげに胸を張る。

坂本町というのは下谷坂本町で、三丁目は富士屋のある御簞笥町の隣町だ。

それならこのまま足を延ばしてまんまやを訪ねてみようと、池見屋を後にした律は寛永寺の東側を回って北へ歩いた。

まんまやは一文菓子の他は蒸し饅頭しか置いていない菓子屋で、店主の充は総白髪の老婆だった。三人いた子供は皆亡くしてしまったが、孫夫婦とひ孫がいて、鞠の着物は七歳になったひ孫に、蓮の暖簾は還暦になった己のためにあつらえるという。

「七つまでは神のうちだものね。あの子は殊に小さな赤ん坊だったから、ほんにもう何度冷や冷やしたことか……これからも油断はならないけどね、まずは無事に七つを迎えることができてよかったよ」

「おめでとうございます。ひ孫さんも、お充さんも」

七歳もそうだが、還暦も大きな節目である。

「子供の頃はね、池見屋さんの辺りに住んでたんだよ。今でもちょいちょい不忍池まで出かけてね……殊に蓮が咲く頃は毎日見に行ってるよ」

「もうあと一月ほどで咲き始めますね。私も時折、池見屋さんへのついでに不忍池を眺めに行くことがございます」

着物の方は大きい鞠の型で意匠は以前手に入れた鞠巾着と揃いに、暖簾の方は意匠の好みを詳しく聞いて、近々下描きを持参する約束をした。

まんまやを出てすぐ九ツが鳴った。昼餉には富士屋を考えていたのだが、充と話す間に蒸し饅頭をもらっていて腹は満たされている。

早く帰って、下描きに取りかかろう――

弾んだ胸と足取りで南へ足を向けた律は、一町もゆかぬうちに足を止めた。

「おあきさん！」

己とは反対に北へ歩いて来るあきを認めて、律は声をかけた。

「あ……お律さん。どうしてこんなところへ？」

驚くあきに、まんまやから注文があったことを話した。

「おあきさんはこの辺りにお住まいなのですか？」

「……ええ」

「あの、お母さんはあれからいかがですか？」

「といいますと……？」

保次郎からはまだ何も知らせがなく、巾一味だったはるが、あきやなつの親類かどうかは判らぬままだ。

「ただ気になっていたものですから。また行方知れずになってやしないかと……」

「母は祖母の手配りで、伊豆に湯治に行きました」

「伊豆ですか」

伊豆といえばつい先日、六太からうの吉の母親のなつが郷里の伊豆に帰ると聞いたばかりである。

――「うの吉」。

名前を思い出して律ははっとした。

はるの兄の名は「卯之介」だった。

うの吉のおっかさんと、おあきさんのおっかさんは別人だけど――

律が考えを巡らす前にあきが問うた。

「お律さん？　どうかなさいました？」

「あの、伊豆へはおなつさんお一人で……？」

「いえ、祖母がしかるべき者をつけました。母一人では不安ですので」

「そうですか。あの、おなつさんにはご姉妹がいらっしゃいますか？　もしくは同じ年頃の従姉妹でも？」

「……どうしてそんなことを？」

訝しむあきの顔を見て、律は少し事情を明かすことにした。

「実は、うちの近くでおなつさんらしき人を見かけたのです」

「母を？」と、あきは声を高くした。「それはいつの話ですか？」

「如月の終わり頃――だったと思います」

自分自身ではなく、似面絵を描いた時に一緒にいた今井が、長屋の木戸の前で見かけたのだと付け足した。

しばし考え込んであきは言った。

「それは母かもしれません。お律さんと似面絵のことを話したので、その、もしかしたら一人で勝手にお礼に伺ったのかも……」

「でも、先生には『人違い』だと仰ったそうです。あ、もしかして名札には『似面絵師』じゃなくて『上絵師』と書いてあったからかしら？」

「いえ、母は漢字をほとんど知りませんから。もしも母だったなら、きっと……恥ずかしくなったんでしょう。人様にたくさん迷惑をかけたから……」

「おなつさんはいつ伊豆に発たれたんですか？」

「もう半月ほど前になりますけれど……」

六太がうの吉の母親のなつに会ったのは、ほんの七日前のことである。

「そうでしたか。それなら近頃見かけなくなったのも道理だわ」

「近頃というと、一度きりではなかったのですか？」

「うちの丁稚が弥生にも幾度か見かけたそうです」

「そうだったんですか。もう、一体何を考えているのやら……ああ、母には姉妹はいません。兄弟も……母は一人子なんです。親類も、祖母の他には誰もいません」

ならば、あきの母親とはるは他人の空似、うの吉の母親ともかかわりがなさそうだと思いつつ、だがどことなく釈然としないまま律はあきと別れて家路に就いた。

五

翌日は小満（しょうまん）で、合わせたように晴れた日となった。

小満は草木を含め、あらゆる命が満ち満ちてゆく時節である。

やや暑さの滲んできた陽気の中で青々とした空を見上げると、胎動はまだにもかかわらず、腹の中に新たな命が宿っていることがしかと感ぜられた。

井戸に水を汲みに行くと、井戸端にいた勝が微笑んだ。

「いい天気だねぇ、りっちゃん」

「ええ、本当に」

「身体はどうだい？　無理しちゃ駄目だよ。どれ、お水なら私が汲んだげる」

「そんな、まだ平気です」

苦笑と共に律は言ったが、「いいから、いいから」と勝はさっさと釣瓶（つるべ）を落とす。

腹はややふくらんできたものの、目立つほどではない。にもかかわらず、店でも長屋でも皆が気遣ってくれるのがありがたい。

時折腹を撫でながら、律は一日中ゆったりと、鞠巾着に加えてまんまやの充から頼まれた鞠の着物と暖簾の下描きを描いて過ごした。

次の日も穏やかな陽気の中、鞠巾着の下絵に励んでいると、昼下がりになって太郎が姿を現した。

「すいやせん。似面絵を頼みます。また夜霧のあきの似面絵を……」

申し訳なさそうに太郎は盆の窪に手をやった。

「あの似面絵は、あの日のうちに殿のご同輩にお届けしたんですがね。そのお人はしばらく他の盗人探しに忙しかったそうなんです。それで殿の上のお人がせっついて、他のお人に写しを渡すように命じたそうですが、そのお人は絵師のところへ行く道中で舟から落ちて、似面絵が台無しになっちまったってんです」

夜霧のあきの似面絵を描いたのは、もう一月半も前のことである。件の同心は、似面絵が水浸しになったのちも、なんとかならぬかと十日ほども無駄にしたらしい。

「まったく、こちとらはとんだ骨折り損でさ」

上がり込んだ太郎が墨を磨る間に、律はまず一昨日、上野であきに会ったことを話した。

「じゃあ、おはるとおなつさんは他人の空似だったんで？」

「そのようです。おなつさんは浅草にいらしたのですし、木戸の前でお見かけしたのもおなつさんだったのでしょう。でも、何度も訪ねていらしたのなら、一言声をかけてくだすったらよかったのに……」

「ですがお律さん、おなつさんてのはちぃとおかしな女なんでしょう？　だったらやっぱりかかわりにならねぇ方がいいですぜ。お律さんは人が好いから、おあきって娘の言い分を頭から信じたんでしょうが、そんな女が殊勝に礼を言いに来るとは思えねぇ。礼どころか、浅草で男とよろしくやってたところを邪魔されて、文句を言いに来たんじゃねぇかと」

「そんな」

だが、「礼」よりは「文句」の方が律にもしっくりときた。あきの歯切れが悪かったのも、なつの真意を量りかねてのことである。

「けどまあ、正体が判ったのは一安心だ」

「ええ。私もほっとしました。うちの人が六太さんが逆恨みされているんじゃないか、なんていうものだから」

「それもこれも、若旦那が奉公人のことをちゃあんと考えているからでさ。役者のような顔をしてようが、卯之介もおはるも盗人一味だったたんだ。用心に越したこたねぇです。それにしても若旦那はすげぇや。いえね、俺だって卯之介の顔は忘れちゃいやせんよ。けど、そっくりでもねぇ女の似面絵から、一年も前の男の顔なんざそう思い出しゃしねぇでしょう」

感心しきりの太郎に、律は照れながら小さく頷く。

今一度太郎から夜霧のあきの顔かたちを聞き、半刻ほどのうちに五枚描いた。

似面絵が乾くのを待つ間に八ツの捨鐘が鳴った。

「お茶を淹れましょう。先生、一服いかがですか？」

「うむ」

壁越しに問うと返事があって、律は太郎を促して表へ出た。

と、涼太が店とは反対側の木戸からやって来た。

「あら、珍しい」

「売り込みから帰って来たところさ。店に戻る前に一服していこうと思ってな。太郎さんはまた似面絵かい？」

「へぇ。おかみさんには世話になってばっかりで」

ぺこりと頭を下げてから、太郎が言った。

「そうだ、若旦那。こいつの顔も見といてくだせぇ。でもって、万が一どこかで見かけたら俺に知らせてもらえやせんか？」

さっと太郎は土間へ戻って手を伸ばし、既に乾いた一枚を持って来る。

「こいつは――」

似面絵を見て目を見張った涼太へ、太郎は目を丸くする。

「ま、まさかご存じなんで？」

「ご存じってんじゃないんだが、ちょいと前に十軒店の小間物屋の前で見かけたよ」

「なな、なんと！」

芝居がかった声を太郎は上げたが、これには律も驚きである。

「おーい」と、笑いながら今井が呼んだ。「私も仲間に入れてくれ」

今井宅に上がると、茶の支度をしながら涼太が続けた。

「だが、太郎さん。私が見た男には頰に傷があった」

「頰に傷？」

「ああ。左頰に一寸半ほどの……その他はこの似面絵にそっくりなんだが」

「そんなにでけぇ傷だったんで？」

「だからよく覚えているんだ。ついでにそいつは店の者と口喧嘩をしていてな。今にも殴り合いになるんじゃないかと、通りすがりの者が足を止めてて――つまり、私もその一人だったんだが――」

涼太が言うのへ、太郎は落胆の溜息を漏らした。

「そんなら、そいつは他人の空似でさ。夜霧のあきが――いやどんな盗人だって、往来でそんな目立つ真似はしやせんや」

「それもそうか」

「傷だって、そんなに目立つのを隠してねぇのはおかしいです」

「そうだなぁ。それにやつはおそらく職人だ。お律と同じく、意匠を真似されて怒っていたようだった」

「意匠を？　あ、十軒店の小間物屋って、もしかして瀧屋ですか？」

律が問うと、涼太は大きく頷いた。

「そうだ。瀧屋だ」

上絵師の竜吉が鞠巾着を納めていた店である。涼太が聞き齧ったことが本当なら、瀧屋は鞠巾着のように、他の職人にその職人が作った物を真似させて店に置いていたのだろう。

「十軒店にあるからそこそこ繁盛しているようだが、鞠巾着といい、此度の喧嘩といい、なんだかずうずうしいな。——この盗人の名は『夜霧のあき』っていうのかい？」

「へぇ」

頷いて、太郎は夜霧のあきのことを涼太と今井にも話した。

「万が一見かけたらすぐに太郎さんに知らせるよ。あの職人も……おなつさんの方はあてが外れたみたいだが、あの職人には兄弟や親類がいるやもしれないからな」

「お頼み申します」

にこにことして、太郎は猫背を更に曲げて頭を下げた。

六

着物と暖簾の下描きを携えて、池見屋より先に律はまんまやへ向かった。

まんまやでまたしても蒸し饅頭を馳走になりながら半刻ほど充と話し、意匠を煮詰めてからのんびりと池見屋を目指した。

もう五日で皐月とあって、軒先や鉢植えの草木にまた少し青さが増して、通りのそこここが夏の匂いに溢れている。

「意匠ももう決まりまして、このように……」

鞠巾着と共に、着物と暖簾の下描きを類の前に広げてみせる。

暖簾の蓮は手前の花を大きく、後ろは小さく、夏の不忍池の景色に似せて描いた。

「いいじゃないか。それならちょいとお待ち」

類が征四郎を呼びつけて、着物と暖簾のための布地も用意させる。

「お千恵さんは、今日はお出かけですか？」

「ああ、お出かけさ」

くすりとして類は応えた。

「なんでも和十郎さんが久方ぶりに舞台に立つそうで、朝も早くから雪永と観劇に出かけて行ったよ。お前が勧めた通りにね」

「さようで」

「雪永が話をつけて、芝居の後に和十郎さんを茶屋の座敷に呼んで、件の着物も見せてもらうんだとさ」

「まあ、それはようございました」

「ああ。だが、おかげでこの二、三日はあたふたと大騒ぎだったよ。お千恵も、雪永も」

「雪永さんも？」

観劇は初めてではなかろうが、事件以来人混みを避けてきた千恵だ。久方ぶりの観劇に着物や小間物に迷う千恵は容易に想像できたが、雪永まであたふたしていたとは思いがけないことである。

「そうとも。なんでも桟敷の場所が気に入らなくて、芝居茶屋にかけ合ったんだが、なかなか都合がつかなかったみたいでね。他にも弁当やら、菓子やら、のちの酒肴やら、まあこまごまと手配りしてたさ」

「ふふっ」と、思わず律は噴き出した。

「お千恵は言わずもがなだ。着物や小間物をとっかえひっかえ……結句、私とお杵さんで見立てたけどね。昨日は、寝過ごしたらどうしようだの、御手水に立ったらそのまま迷子になるんじゃないかだの、一日中うるさかった」

「ふふふ、今頃、お芝居を楽しんでいらっしゃるでしょうね」

「そう願うね。帰って来たらまた一騒ぎだろうがね」

微笑む類もまた楽しげだ。

「五日後にはたくさんお話が聞けましょうね」

「ああ、覚悟しておいで」

巾着、着物、暖簾と、それぞれ用意された布をまとめて包んで、律は池見屋を後にした。

九ツまで四半刻という刻限だろうか。

弁天さまを拝んで行こうかしら——

陽気に誘われるように不忍池の方に足を向け、思い直して立ち止まる。

蒸し饅頭のおかげで空腹ではないのだが、早くから下谷坂本町まで出向いたからか疲れがなくもない。

いけない、いけない。

無理は禁物……

赤子のためにも今日はまっすぐ帰ろうと律が踵を返した矢先、一人の女と目が合った。

「あ……」

袖頭巾はかぶっていないものの、熨斗目色の着物に鉄紺の帯を締めた、なつと思しき女である。

否。

律をまっすぐ見つめた女の目は剣呑(けんのん)で、どちらかというと一枚目の似面絵の、山田屋のはんが見かけたという女に似ている。

「お律さん」

にっこり笑って女は律に近付いて来る。

振り売りが一人通り過ぎるのを静かに待ち、女はさっと律に身を寄せて耳元で囁いた。

「黙ってついてきてちょうだい。さもないと慶太郎の命はないわ」

「なんですって？」

「しっ」

律をたしなめてから、女は更に微笑んだ。

「慶太郎よ。佐久間町の一石屋で奉公してる、あんたの弟が人質だって言ってるのよ」

「慶太を……」

女が慶太郎の名前だけでなく、奉公先まで口にしたことに律は慄いた。

「助けを呼んだって無駄よ。私が夕刻までに戻らなきゃ、慶太郎は始末してしまう手筈になってんだから」

始末――

ぶるりと身を震わせて、律は声を低めた。

「どうして？　何ゆえこんなことをなさるんですか？」

「ふふ、まあゆっくり話しましょうよ」

女にいざなわれるまま、律は再び踵を返して不忍池の方へ歩いて行った。

不忍池まで出ると、女は律を池の傍へ押しやるようにし、律の左側を、池を右手に見ながら歩き出す。

「あの……あなたはもしや、おはるさんですか？」

「そうよ。私のこと、知っていたのね」

「似面絵の卯之介――さんに似ているから……」

「似面絵、ね……」

ふん、と小さく鼻を鳴らして、はるは言った。

「そうよ。あんな似面絵を描いたあんたが悪いのよ。あんたのせいでみんないなくなっちゃった。うちの人も兄さんも、姐さんも、龍さんも、留さんも――みんなあんたのせいで死んだのよ」

恨まれていたのは私だった――

はるの言葉を聞いて律は愕然とした。

兄さんは卯之介、姐さんは巾だろう。龍と留は残り三人――阿吽とせむし男――の内二人だとして、「うちの人」というからには、はるは仲間の一人と夫婦だったと思われる。

――理不尽な恨みを買うのは怖いものです――

安曇屋で聞いた由郎の言葉が思い出された。

――どこがどうつながっているのやら――まさかと思うような事由が巡り巡って、命懸けの大事になりうるのですから――

はるを逆撫でせぬよう、静かに律は反論を試みた。

「……あの方たちがお亡くなりになったのは、間違いを犯したからです。人様の大切な人を傷つけて、大切なものを盗んだからではないですか」

盗みだけでも許されぬことだが、巾一味が尾上に押し込んだ際、綾乃の乳母でもあった女中のきみが卯之介の当て身であばらを折っている。また、巾は六太を一味に引き込みたかったようだが、卯之介や阿吽の二人は「殺してしまえ」と言ったそうだ。

「浮き沈みがあるのが人の世よ」

再び鼻を鳴らしてはるは言った。

「私たちだって浮いては沈んで、沈んでは浮いて——そうやってみんな暮らしてきたんだから。『浜の真砂は尽きるとも、世に盗人の種は尽きまじ』っていうでしょう? 盗人のいない世なんてないのだから、泥棒は火事や嵐とおんなじよ」

かの大盗賊・石川五右衛門の辞世の句を持ち出してはるは言ったが、巾の受け売りに違いないと律は思った。

鉄漿はつけていないが、「愛らしい」というよりも「美しい」はるは己よりやや年上に見える。だが、端整な容姿とは裏腹に言葉遣いや仕草には幼さを感じた。

「あんただっておんなじよ。あんた、二親を亡くしてるんですってね。でも、女だてらに上絵なんか描いて、裏長屋暮らしからめでたく表店の若旦那と一緒になったじゃないの。あんたが浮いている間に私はみんなを亡くして、江戸から追い払われて散々だったわ。だから今度はあんたの番よ。あんたと、あんたの旦那が沈む番なのよ」

「夫まで――？」

「もちろんよ。あんたの描いた似面絵を見て、旦那が兄さんを見つけたそうね。夫婦揃って余計なことをしてくれたわ。ああ、安心してちょうだい。あんたの旦那には手は出さないわ。でも、私と同じ苦しみを味わってもらうから」

「同じ苦しみ？」

「大切な伴侶を亡くした苦しみよ」

空合を語るがごとく、はるは口元に笑みを浮かべている。

死の予感がひたりと律を抱きすくめた。

七

池の周りには人気がなくもない。

だが、無駄だと言われて律は助けを求めるのを躊躇った。はるを捕まえ、番人に引き渡したところで、はるが口を割らねば慶太郎の命にかかわる。

「……私がおはるさんと戻れば、慶太郎は放してもらえるんですね？」

「それだけじゃ駄目。隠れ家に戻ったら、一緒にお茶を飲みましょうよ。葉茶屋の嫁なら茶の淹れ方くらい心得ているでしょう？　茶菓子の支度もしてあるわ」

そう言って、はるは巾着を掲げて見せた。

「お茶を淹れて、ご一緒すればいいんですか？」

「お饅頭もしっかり食べてちょうだいね。お饅頭は毒入りよ」

息を呑んだ律を見て、はるはくすくすと愉しげだ。

「慶太は――慶太だけは――」

「ご案じ召されませぬよう」と、はるはおどけた。「慶太郎はまだ子供だものね。私だって、子供を殺(あや)めるほど情け知らずじゃあないわ。慶太郎はあんたが自害した後に、ちゃあんとお店に帰してあげる」

「私が自害なんて慶太は――誰も信じやしません」

「そうね。だからあんたには行方知れず――ううん、神隠しに遭ってもらうわ。でも、どうしてもとお望みなら慶太郎に伝えてあげてもいいわ。あんたの姉さんは、あんたのせいで死んだんだって」

己のせいで死したと知れば、悲しみの上に苦しみが加わることになる。

非道な、と律は唇を噛んだが、悲嘆に暮れている暇はない。

行方知れずになるということは……

「慶太には会えないんですか？」

「会わない方がいいでしょう」

「慶太は隠れ家にはいないんですね？　あの子はどこにいるんですか？」

「……私を莫迦にしてるのね。あんたに手の内を明かすような真似はしないわ」

どうやらこれから向かう隠れ家には慶太郎はいないらしい、と律は踏んだ。

――それなら、他に助っ人がいることになる。

そう頭を巡らせて律ははっとした。

「お饅頭といえば、もしやおなつさんが？」

「私ははるよ。あんた、さっきそう呼んだじゃない」

「うの吉の母親のおなつさんです。あなたとおなつさんは仲間なのではないですか？」

「卯之吉の……ええ、そうよ」

口元から笑みを消し、再び剣呑な目つきになってはるは律を見やった。

「卯之吉の名は兄の名にちなんで付けたのよ。おなつという名は方便よ。あの人の名はお康さん。あんたたちはあの人からも夫を、卯之吉からは父親を奪ったのよ。兄さんは――兄さんは卯之吉を抱くことなく逝ってしまった……」

うのが仮名だと言ったのも、とっさの方便だったのだろう。母親ゆえにうっかり本当の名を呼んでしまったに違いない。

なつを「怪しい」、名を「偽り」だと思った綾乃の勘働きは当たっていて、涼太が推し当てたように六太もまた逆恨みされていたのだ。同じ名の弟がいると言ったのは、六太を油断させるために康が重ねた嘘と思われた。

「では、お康さんが六太さんに渡したお饅頭にも毒が？　でも、六太さんはなんとも……」

なつこと康から、六太は饅頭を二つもらったと言っていた。

六太さんはお饅頭は食べなかったのかしら？

六太のことだから、二つとも何かの折に誰かに譲ってしまったとも考えられる。

うちのみんなは無事だけど――

他の者――たとえば帰蝶座の英吉や松吉など――が毒饅頭を口にしたのではないかと律が青くなる間に、池之端仲町から茅町を抜けて左手に武家屋敷が見えてくる。

人気のない行く手を見つめて律は問うた。

「あの……隠れ家とやらは一体どこにあるのですか？」

昨年、牛込で囚われの身となる前に文を託したことを思い出し、なんとか手がかりを残せぬものかとすがるような気持ちで律は問うたが、はるはわざとらしい溜息と共に一蹴した。

「隠れ家がどこだろうが、あんたの行き先は変わらないわ」

知らずに律は腹に手をやっていた。

己の死は赤子の死でもある。

――子供を殺めるほど情け知らずじゃあないわ――

「おはるさん、あの、私……」

身重だと明かしてはるの慈悲を乞おうとした矢先、「おっかさん！」と背後から声がかかった。

振り向くと、小走りにあきが駆けて来る。

「おあきさん」

混乱しながらも律が呼ぶと、はるが初めて驚きの声を上げた。

「あんた、おあきを知ってるの？」

「あなたがおあきさんのお母さん――ということは、おはるさんは本当はおなつさん……」

「いいえ」と、応えたのはあきだ。「この人の名ははるで――私の母親です。ごめんなさい、お律さん。嘘をついてごめんなさい」

「嘘――？」

康は己の名を、あきは母親の名をそれぞれ「なつ」と偽っていたのだ。

つまり「おなつさん」はいなかった――

「おあき、あんた一体どうしてここへ？」

「お康さんが教えてくれたのよ。おっかさんはきっとまだ仇討ちを諦めていないって。だからこの二、三日、お律さんを見張っていたの。お律さんを見張っていれば、そのうちおっかさんに会えると思って……ねぇ、どこへ行くの？　お律さんに何をしようっていうの？　もうやめてちょうだい、おっかさん。お律さんはなんにも悪くないわ」

訴えるあきを目の前にして、律よりもはるの方が呆然としている。

血の気の引いた顔ではるは問うた。

「……お康さんはなんて言ったの？　あんたに何を教えたの？」

「何もかもよ。おっかさんのこと、伯父さんのこと、お巾さんのこと……でも私、お康さんに教わる前から知ってたわ。おっかさんたちのこと……私、前から知っていたのよ。おっかさんお願いよ。もう悪いことはしないでちょうだい」

「何もかも……」

つぶやくように言うと、はるはおもむろに巾着を開いて紙包みを取り出した。

包みを開くと饅頭が二つ現れる。

「おっかさん、駄目！」

律より先にあきがはるに手を伸ばした。

毒入りの饅頭で自害しようとするはるの手を押さえて、あきが叫ぶ。

「やめて！　死んじゃう！　死なないで、おっかさん！」

懇願するあきに、はるは子供のようにいやいやと無言で首を振る。

律が止める間もなく、二人はもつれ合い、はるの手から饅頭がこぼれて池へと転がる。

「放して！」

饅頭を目で追ったはるが叫んであきを突き飛ばす。

「あっ！」

三人の声が重なって、よろけたあきが池に落ちた。

八

「おあき！」

「おあきさん！」

一度水の中に沈んだあきはすぐに顔を覗かせて、手を伸ばしながら必死に叫んだ。

「助けて！　おっかさん、助けて！」

池はそう深くない筈だが、泳げぬのか、泥にでも足を取られているのか、もがくほどにあきは沈んでゆく。はるはもちろん律も荷物を投げ出して手を伸ばしたが、あきの手はぬるりと滑って頭ごと再び水の下に沈んでいった。

「おあき！」

草履を脱いではるが池に飛び込んだ。

が、はるも泳ぎが得意ではないようだ。

なんとかあきの身体を両手で抱くも、あきもはるとそう変わらぬ身体つきゆえ、なかなか持ち上げるまでに至らない。

「こちらへ！　もう少し――！」

二人が幾度か浮き沈みする中、律も必死に手を伸ばす。

もがきながら律の方へ手を伸ばしたはるの袖をまずつかみ、懸命に引っ張ってあきの襟首と腕をつかみ直した。

はるが池の中からあきを押し上げるのを、律は池の淵に足を突っ張り引き上げる。

ようやく地面に引きずり上げるも、あきはぐったりしたままだ。

「おあき！」

這い上がったはるがあきにすがったが、あきはうんともすんとも応えない。

騒ぎを聞きつけて、ようやくぱらぱらと人が集まって来た。

男の一人があきを抱えて水を吐かせた。

水を吐き出してあきは小さくうめいたものの、再び気を失った。

「おあき！　おあき！」

あきの名を叫び続けるはるへ律は言った。

「上野には知り合いの医者がいます。ここからそう遠くありません。私が連れて行きますから、おはるさんは早くお戻りになってください」

「嫌よ！　おあきが死んじゃったらどうするの！」

「でも、あなたが戻らないと慶太は――どうか慶太を助けてください」

「あれは嘘よ！」

「嘘ですって？」

「そうよ！　嘘よ！　ああ言えばあんたを誘い出せると思っただけ――早くおあきを医者に連れて行ってちょうだい！」

嘘だと言われたところで、にわかに信じられる筈がない。

「本当に？　本当のことを教えてください。慶太はどこにいるんですか？」

「だから嘘だって言ってるじゃない！」

泣き叫ぶはるをなだめながら男が訊いた。

「なんだかしらねぇが、まずはこの娘を運んじまおうや。さもねぇと助かる命も助からねぇぞ。あんたの知り合いの医者はどこだい？」

「……こちらです」

あきを背負った男とはるを連れて、律は来た道を急ぎ引き返した。

医者の春日恵明宅を訪ねると、顔見知りの弟子がすぐに恵明を呼んで来た。

「先生、どうかおあきをお助けくださいまし」

「どれ……」

懇願するはるをよそに、あきに触れて恵明は眉をひそめた。

「息はしとるが――どうしたね？」

取り乱しているはるの代わりに律が応えた。

「この人が娘さんと喧嘩になって、押し合ううちに娘さんが池に落ちてしまったんです」

弟子に湯を沸かすよう言いつけた恵明が、どのくらい溺れていたのか、水はすっかり吐き出したのかなどこまごまと訊ねる間、はるはあきの傍らで一心不乱に祈っていた。

「先生、どうか……稲荷大明神さま……お釈迦さま……誰でもいいわ。誰でもいいから、どうか、どうかおあきをお救いください……」

「なんとも言えんよ。まずは身体を温めねば」

途方に暮れた顔で再び祈り始めたはるをよそに、律は恵明をそっと廊下へ連れ出した。

はるの祈りを聞きながら、注意深く恵明に囁く。

「先生、あの人を見張っててもらえますか？」

「うん？」

「私、あの人に脅されていたんです。あの人と一緒に行かないと、慶太を始末するって言われたんです」

はっと目を見張ったが、察しよく恵明はすぐさま頷いた。

「あれは嘘だって先ほどあの人は言ったけど、娘さんをこちらへ運ぶための方便かもしれません。私はひとっ走り一石屋に行って来ます」

「うん。……しかしお律さんはここへおいで。一石屋には弟子を走らせよう」

「でも先生、私、この目で慶太の無事を確かめたいんです」

訴える律へ恵明は穏やかに、だが悲しげな目をして小さく首を振る。

「いけないよ、お律さん。今は動かぬ方がいい」

ちらりと床に目をやって恵明が言った。

思い出したように腹が痛んだ。

おそるおそる目を落とすと同時にどろりとしたものが足を伝わって、足元の血痕を血溜まりにした。

「ああ」

嘆いて律はくずおれた。

九

恵明の差配で弟子が一石屋に走った。

女中の助けと着物を借りて着替えを済ませてしまうと、赤子を失ったことが一層ありありと感ぜられて律は再び涙ぐんだ。

あきは気を失ったままで、隣りの部屋で律が休む間にも、つぶやきのごときはるの祈りと嗚咽(おえつ)が途切れ途切れに聞こえてくる。少なくともあきが目覚めるまでは、はるが逃げ出すことはないと思われた。

一刻ほどして、今井が上野に駆け付けた。

「先生……」

「慶太郎は無事だ。私がこの目で確かめてきた。今日はもう店から出さぬよう、喜八さんとお庸さんにも頼んできた」

腹の痛みは既に治まりつつあり、月のものと変わらぬほどになっていたが、それがまた律の胸を締め付ける。痛みと共に赤子がいた証も消えていくようで、律は己の腹を抱きながらことの次第を今井に語った。

律の話を聞き終えると、今井が一筆したためて火盗改まで弟子の一人を遣いにやった。あきとはるは恵明に託し、日暮れ前に律は駕籠に乗り、今井に伴われて青陽堂へ帰った。

今井の申し出を断って、律は今一度ことの次第を自ら涼太、佐和、清次郎へ話した。そうすることがせめてもの「母親」の役目に思えた。

翌日は一日中仕事場にこもって、巾着と着物、暖簾の下絵を描いた。

次の日はまだ幾分残っていた腹の痛みをおして井口屋へ赴き、着物と暖簾の下染めを基二郎に頼んで来た。

三つの鞠巾着のうち一つは十代の娘からの注文だったが、残り二つはそれぞれ七歳の女児と男児のものだった。

女児の巾着には櫛に姉様人形、あやとり紐、かるた、ままごとの茶器が、男児の巾着には独楽に面打、手車、鳥笛、干支の巳を模した竹蛇が所望されていた。

もしも――

生まれてきたのが女児だったら、いずれ己と人形やあやとりで、男児だったら涼太と面打や独楽で遊んだのではなかろうか。

はたまた女児でも男児でも涼太と親子三人で、玩具の茶器で煎茶を淹れる真似ごとをしたに違いないと、ふとすると涙が溢れて手が止まる。

こんなんじゃいけないわ……

いつかの類の言葉が何度も耳によみがえる。

――お前の都合はお前だけのものなんだ。心の乱れは筆の乱れ……見る目のある者は誤魔化せないよ――

お類さんの言う通り、いくらつらくても仕事は仕事。

請け負った仕事はちゃんとこなさないと……

筆を置き、涙を拭っては目を閉じて、律は子供の頃の楽しかった思い出や、己が知る子供たちの笑顔を思い浮かべた。

鞠を一つずつ、巾着を手にする子どもたちの多幸を願ってゆっくり描いてゆく。

同日、あきが昨晩のうちに目覚めたことを律は知った。恵明と火付盗賊改方・水野忠篤の温情で、見張り付きだが、あきが今少し持ち直すまではるは看病を許されたという。

あきが一命を取り留めたことは心から喜べた。はるへの恨みは否めぬが、あきがもしも死したなら、殊更はるを恨んだ――否、憎んだことだろう。少なくとも己の他に母親が子供を死なせずに、また子供が母親に殺されずに済んだことは微かな救いに律には思えた。

休み休みだったため、いつもより大分長くかかったが、鞠巾着はこれまでと変わらぬ出来に仕上がった。

池見屋へは女中のせいが同行を申し出たが、律はやんわり断った。せいの申し出は佐和や涼太が己を案じるがゆえだと知っていたものの、道中無言を貫くことはできぬし、さりとて事件の話はもちろん、他愛ない世間話も今の律には苦痛であった。

五日前、流産を聞いて涼太は呆然としていたが、佐和と清次郎は落ち着いていて、多くは問わずにただ労りの言葉をそれぞれ短く口にした。

話はすぐに店の者や辺りに伝わったようだが、長屋で話しかけてきたのは閨の指南役だった佐久と勝のみだ。

――慰めにはならないけどね――

――みんな言わないだけで、ままあることだから――

千恵が留守だったのは幸いだった。

手短に事情を告げると、類もまた言葉少なに応えた。

「……そうかい。もう出歩いて平気なのかい？」

「ええ。もう……なんともないんです」

なんともないことがまた律を苦しめていた。

そんな筈はないと思っていても、悪阻に苦しまなかったのは、腹の痛みに気付かなかったのは、こんなにも早く回復したのは、己がそれだけ命を軽んじていた――つまりは母親にふさわしくなかったからではなかろうかと、ふとすると気が沈んでしまう。

「次の三枚はどうする、お律？」

「もちろん描きます」

「もちろん、か」

小さく頷いて、類はまっすぐ律を見つめた。

「野暮なことを訊いたね。それならしっかり頼んだよ」

「はい」

まっすぐ長屋へ戻ると、昼を挟んで律は下描きに勤しんだ。

子供を思わせる玩具や小間物には再び涙したが、よその子でも子供を思って描くうちははるへの恨みを忘れていられた。

はるにはなんらかの沙汰があろうが、大した罪にはならぬと思われた。

慶太郎を攫ったというのは嘘で、毒入りの饅頭も二つとも池に落ちて失われた。伊豆へ発ったという康の証言が得られたとしても、結句六太も律も生きており、流産はあくまで己が無理をしたからで、はるが手を下したことではない。

——けどよ、姉ちゃん。無茶しちゃ駄目だよ——

——姉ちゃんは素人なんだからさ——

どうしたらよかったのだろう?

声に出さずとも、他に助けを求める方法がなかっただろうか?

もっと言葉を選んで話せば、はるを説き伏せられたのではないか?

慶太郎の言葉と共に、律は何度もあの日の出来事を思い返した。

とっさのことではあったが、あきを助けたのは己の意思で、その決断に間違いはなかった筈なのに後悔の念が拭えなかった。

やがて八ツが鳴ったが、律は黙って描き続けた。今井の在宅は気配で知れていたものの、この四日間は互いに遠慮して茶を共にしていない。

一人でも一服しようかと迷いつつ四半刻ほどが過ぎた頃、おずおずとして新助が呼んだ。

「お律さん。お客さまがおいでになったので、呼んで来るようにと女将さんが……あの、先生もご一緒に」

「私も？」

驚く今井と連れ立って、勝手口から青陽堂へ上がった。

新助が案内したのは家の方の座敷だった。

涼太と清次郎は留守らしく、待っていたのは佐和と保次郎、あきと見知らぬ四十路過ぎの女であった。

十

女の名は蕗（ふき）で、はるの血のつながらぬ姉だという。

「ごめんなさい……」

あきが再び謝ったのは、蕗を祖母と言い、はるは一人子だと嘘をついたからである。

あきは初めから、律の居所を突き止めるつもりで保次郎に似面絵を頼んだのだった。

保次郎に促されて蕗が口を開いた。

「私と卯之介、おはるは、お巾とあなた方が阿吽と呼んでいた龍一郎（りゅういちろう）、虎二郎（とらじろう）兄弟と同じく水戸で生まれました。留造――せむし男――は江戸、お康さんは伊豆の出です」

蕗の父親と、卯之介とはるの母親は連れ子同士で一緒になったが、父親は卒中ではるが八歳の時に、母親は風邪をこじらせてその二年後に亡くなった。

「私は卯之介より十年、おはるより一回り年上で、その頃にはもう嫁いでいました。夫に頼み込んで二人は私が引き取りましたが、二人はもとより私を煙たがっておりました」

二人の容姿から判るように、父母はどちらも面立ちがよかったようだ。対して蕗や蕗の両親はそうでもなく、二人には蕗を侮っていたところがあったらしい。

「二人ともあの通り顔立ちがよく、ちやほやされて育ちましたから、世間や人を甘く見ている節がありました。このままではいけないと——ちょうど我が子が生まれて間もなかったこともあり、姉というよりも母親のような気持ちで接していたのですが、それが二人にはかえって気に食わなかったようです。今思えば、母親を亡くしたばかりの二人に母親面したのは間違いでした。私だけならよかったのですが、二人はいつしか夫までも小莫迦にするようになったので、更に厳しくしたのがまた裏目に出ました」

蕗の夫は呉服屋を営んでおり、卯之介もはるもやがて店を手伝うようになったが、ことあるごとに蕗や夫に反発した。

「そうしてある日とうとう、夫にひどく叱られたのち、卯之介はおはるを連れて家を出てしまいました。これからは知り合いの店で奉公するからと……おはるはまだ十二歳でした」

新しい奉公先は巾の親類が営む金物屋で、店とは名ばかりの盗人の隠れ家だったようだが、当時の蕗はそれを知らなかった。

「評判のよくないお店でしたが、うちからそう遠くないところにありましたし、夫が腹を立てていて、放っておけと言うので連れ戻しはしませんでした」

ところが二年もしないうちに店がなくなり、店者も皆、夜逃げのごとく姿を消した。

蕗は卯之介とはるの行方を探したが、そのことを含めて夫と仲違いすることが増え、また折悪く、男女いた子供二人が流行病で相次いで亡くなった。

「二人とも……」

思わずつぶやいた律へ、蕗はやるせない笑みを見せた。

「子はかすがい……我が家はまさにそうでした。夫との仲はますます冷え込み、結句離縁を申し渡されました」

身一つで放り出された蕗は、知人のつてを頼って江戸へ出た。

上野の飯屋で働くうちに、近所の者に見初められて再び所帯を持った。だが住み込みから長屋暮らしになったのも束の間、二人目の夫は仕事場の火事で亡くなった。

「しばらく何も手に付きませんでしたが、夫が亡くなってから一月ほどして、おはるがおあきを連れて来たのです」

はるは十五歳で阿吽の弟・虎二郎と夫婦になったという。夫婦の盃を交わしてすぐに身ごもって十六歳であきを産んだものの、巾一味は上方へ向かう道中だったため、巾に赤子は連れてゆけぬと言われたそうだ。

「邪魔だからとあの子は言いましたが、本心ではありません。仮りそめでも姉妹だったんです。それくらいは判ります。あの子はあの子なりに、おあきのためを思って私に預けていったのです」

あきの面倒を見るために蕗は飯屋から暇をもらい、裏店で煮売り屋を始めた。

「母は折々に会いに来てくれました」と、あきも口を挟んだ。「伯母さんは母は亡くなったとして私を育ててきましたが、親子です。幾度か顔を合わせるうちに、あの人がおっかさんだと判りました。それで、伯母さんがおっかさんに話してくれたんです」

「お巾のもとを離れるように言いました。なんなら虎二郎さんと一緒に……そんなことはできないと、あの子はずっと言っていましたが、昨年ようやく踏ん切りがついたようでした。もうしばらくしたら、あきと私と一緒に暮らしたいと言ったんです。虎二郎さんと卯之介も説得してみると……卯之介が妻を娶ったことも、この時に教えてくれました。お巾が尾上さんに押し入る少し前のことです」

巾もまた、尾上での「仕事」を最後にするつもりだったようである。

「皆で上方の店で働いているとおはるは言っていましたが、私は信じていませんでした。女がそう容易く江戸と上方を行き来できる筈がありませんものね。ですが、まさか盗みを働いているとは思わなかったんです。行商か芸人でもしているものとばかり思っていました」

巾一味が捕まって、蕗とあきは卯之介とはるの所業を知った。

「幸い読売に名前が書かれたのは水戸弁天とお巾だけ、卯之介たちは役者、阿吽、せむし男と書かれていたのみで、おはるの名もありませんでした。卯之介が死罪に、おはるが江戸払になったことはのちに知りました。卯之介は水戸で会ったきりとなりましたが、おはるはほとぼりが冷めたらきっとおあきを訪ねて来るだろうと待っていました」

江戸払になると市中には住めないが、旅装であれば日中歩き回ることはできる。

如月になってようやく、はるは再び、此度は康と卯之吉を連れて現れた。

「おはるは何ごともなかったかのように振る舞いました。お康さんもおはるに頼まれて、卯之介がまだ生きているかのように芝居を打ったそうです。あの子はいつまでも幼いところがあって、私やおあきが読売を読むとは——読売を読むことができるとは——少しも思わずに、私たちをうまく騙しているつもりだったのです。しかし、私たちも卯之介やおはるの所業を長屋や町の人たちに知られたくありませんでしたから、おはるやお康さんに話を合わせて、盗人一味など知らない振りをすることにしました」

どこでどう手に入れたのか、はるは卯之介の似面絵を持っていた。

「私のために描いてもらったと言っていました」

——兄さんは意地っ張りだから、姉さんと顔を合わせるのが気まずいみたい。その代わり、ほら、お上御用達の似面絵師にこうしてそっくりな似面絵を描いてもらったわ——

だが、話すうちに蕗もあきも、はるがよからぬことを企んでいることに気付いた。

「卯之介の似面絵を、ふと憎々しげに見やったのが気になったのです。おはるがはしゃぐ度にお康さんが不安な顔をするのも……」

「どこで寝泊まりしているのか問うても教えてくれなくて、帰る母をこっそりつけてみたのですが、早々に見失ってしまいました」

はると似面絵師、二人の居所を突き止めるために、あきは町中で保次郎を待ち構えて呼び止めた。以前道案内をした折に、保次郎が似面絵を片手に人を探していたのを見ていたからである。

硬い顔をしたまま保次郎が口を開いた。

「おあきには三度会ったが、三度とも道すがらであったから、私はおあきの住処を知らなくてな。涼太からの言伝は気にかかっていたのだが、しばらく前に奉行所に密告があって、千住宿で阿芙蓉を売りさばいていた一味が見つかったのだ。やつらの隠れ家を暴くうちにおあきの家のことは後回しになっていた。このような始末になってあいすまぬ」

阿芙蓉とは芥子の実から作られる麻薬——阿片——である。

蕗たちの手前、頭を下げはしなかったが、謝意は充分伝わった。

あきは似面絵師が律、青陽堂で巾一味の捕縛に一役買ったのが涼太と六太だと知ると同時に、はるの逆恨み——仇討ち——を恐れたという。偶然だったのは山田屋のはんが見かけた時だけで、はるは仇を討たんと律たちの身辺をずっと探っていたのである。

「母がお律さんや六太さんを探る間に、私も母やお康さんを探りました」

母親の似面絵を手に入れてほどなくして、あきは今度は保次郎に呼び止められて、はるが浅草で見つかったと嘘を重ねた。男と一緒だったというのもでまかせである。

「母を見つけたいのは山々だったのですけれど、広瀬さまに見つけられては困ると思ったのです。ご親切に声をかけてくだすったのに申し訳ありません」

刃物を振り回しただの、家出して飲んだくれていただのというのも似面絵を描いてもらうための方便だったが、「少々気が触れている」と言ったのは当たっていたようだ。

「親しい者たちを一度に失って、どこかおかしくなっていたのだと思います。おはるはもともと人殺しどころか、盗みもできるような子じゃなかったんです。だからお巾も家守しかあの子にさせなかったんです」

血のつながりはなくとも、はるを愛していたのだろう。蕗はそれとなくはるを庇った。

はるは卯之介の似面絵のみならず、一味皆の似面絵を手に入れていて、あの日懐に忍ばせていたという。

「――母は結句あの日まで見つけることができなかったのですが、弥生に浅草でお康さんを見つけました」

六太が尾上に出入りしていることを突き止めたはるは、康に仇討ちとして六太を殺すよう持ちかけた。康は一度は承諾したものの、浅草広小路で六太と律に会ってその決心が揺らいだという。

——ぐずっていたのは、お母さんが道に迷っていたからかもしれないですね——

六太にそう言われて、卯之吉にも諫められたような気がしたと康はのちにあきに語った。とっさに卯之吉の名を口にしたのはまずかったと、尾上で直太郎に問われた際は己の名を「なつ」だと偽った。あきと同じく、はるの名が念頭にあったからである。

康はあの後、幾度か六太に毒饅頭を渡す機を窺ったものの、六太の人柄や生い立ちを知るにつれ、己にはとても手を下せぬと意を翻したそうである。よって最後に六太に渡した饅頭には毒を仕込んでいなかった。

康は旅中の卯之介に見初められて伊豆から江戸に出てきたが、巾一味の所業は知っていても、盗みには一切かかわっていなかった。あきに見つかった康は、己が知る限りを洗いざらい打ち明けた。

「お康さんは、母に仇討ちをやめるよう諭してみると言ってくれました。己と共に伊豆で暮らすよう誘ってみるとも」

康からもはるからもなんの音沙汰もなかったが、康が弥生末日には江戸を発つと言っていたため、あきと蕗は卯月にはもうすっかり話がついたものと考えていた。

「母のことだから、私たちに所業を知られたからにはしばらく顔を出さぬだろうと踏んでいました。ですがお律さんからお話を聞いて、母が青陽堂の前を何度もうろついていたことを知って、私、心配になってお康さんを訪ねてみたんです」

康は身重だった一昨年からずっと浅草の同じ長屋に住んでいた。教えられた長屋に行くと康はまだいて、はるとつなぎが取れぬことを明かした。

「母は実は江戸でまた別の盗人の頭のもとで働いていて、お康さんにも居所は秘密にしていたんです。二人はとある茶屋を通じてつなぎを取っていたのですが、六太さんがいつまでもお元気なので、母はお康さんに裏切られたと判じてつなぎを絶ったそうです」

康の「裏切り」がまた、はるの逆恨みの火に油を注いだ。

律が五日ごとに池見屋を訪ねることを知って、はるは池見屋で待ち伏せることにした。

あきはあきで、はるに語った通り、律を見張って池見屋へ行き、池見屋の近くで律を待つはるを見つけた。

「すぐに声をかければよかったのですけれど、毒饅頭を用いることはお康さんから聞いていたので、辺りに人がいるうちは平気だと思ったんです。それに私が咎めたら母はきっと逃げ出すだろうと――だったら、母が逃げ切れるように人気のないところでと……ごめんなさい。お律さん、本当にごめんなさい」

あきは畳に突っ伏して――突っ伏したまま嗚咽と共に言った。

「お律さんは母をお恨みでしょう。けれども、あんな浅はかな母でも私は助けたかったんです。あんな母でも……生きていて欲しかった……」

はっとして律は保次郎を見た。

「おはるさんは死罪に……？」

「いや、おはるは自ら命を絶った」

言葉を失った律へ、保次郎は沈痛な面持ちで頷いた。

「おはるは新たに夜霧のあきのもとで、隠れ家の家守をしていた」

「夜霧のあき」

律と今井の声が重なる。

「うむ。火盗が追っている大泥棒だ。おはるはおあきが目覚めたのち、己が夜霧のあきのもとで働いていることを白状して、火盗の者を宮永町（みやながちょう）のやつの隠れ家まで案内したのだ。残念ながら、夜霧のあきはしばし江戸を離れているとのことで捕らえるには至っていないが、先だって千住宿で盗まれた金は取り返すことができた。おはるはこの家に毒を隠し持っていてな。見張りの者の目を盗み、毒を含んで自害した」

「どうして……」

もとよりあきに己の所業を知られたことで自害しようとしていたが、「死なないで」と止めたあきの叫びをはるは聞いている。あきのためを思えば、新たな「仕事」は隠し通し、此度の行いを言い逃れることもできた筈だ。

「こと切れる前、見張りの者もそう問うた。が、おはる曰く、そういう約束だったそうだ」

「約束？」

「おあきが死の淵をさまよっていた時、おあきの命を救うべく、おはるは天に祈ったそうだ。おあきの命と引き換えに、己の命を差し出すからと……」

十一

伏野屋で香と向き合うと、涼太は思わず溜息を漏らした。

嫌みではなく、気の置けない妹の前だからこその溜息だ。

父母から孫への端午の節句の祝いと共に、律の流産を知らせるという役目を託されて涼太は伏野屋を訪れた。

客が親友ではなく兄だと知って落胆を露わにした香へ、涼太はまずは初節句の祝いの言葉と贈り物を渡し、それから静かに律の身に起きたことを切り出した。

話を聞いて香は涙ぐんだが、涼太が思っていたほど取り乱しはしなかった。

「此度は無理が祟ったのだろうけど、大人しくしてたって避けられない時もあるわ……」

つぶやくように香が言うのを聞いて、香もまた流産したことがあったのかと涼太は返答に詰まった。

——……災難でしたね。ですが、起きてしまったことは仕方ありません。まずは身体を休めなさい——

——そうとも。つらいだろうが、まずは横におなり——

あの日、律からことの次第を聞いた涼太は相槌も打てずに呆然としたが、佐和と清次郎は短くもそれぞれすぐさま労りの言葉を口にした。

律が一人で寝所に引き取ったのち、佐和は座敷に残った涼太へ言った。

——口の端に上らないだけで、そう珍しい話じゃありませんよ——

此度初めて知ったが、佐和も二度の流産を経て己を授かったそうである。

——そんな顔をするもんじゃない——

そう、清次郎は涼太を諌めた。

——さぞがっかりしたろうが、お律にはなんの非もないではないか。何があっても添い遂げる覚悟で一緒になったんだろう？　お前がしっかりしなくてどうする——

——店の者には私から伝えます。お前は落ち着くまでしばらくここにいなさい——

己が無頓着だっただけで、町でも懐妊と同じだけ出産の知らせがなかったことに今更ながら思い当たった。折々に流産の知らせも聞いた覚えはあるのだが、口にせぬよう努めるうちに「なかったこと」としていた節がある。これまでは所詮他人事だったのだ。

此度は他人事じゃねぇんだが……

涼太は流血を見ておらぬし、律の腹もそう変わらぬように見える。店の者も町の者も律でさえも赤子のことを口にせぬゆえ、ふとすると何ごともなかったかのごとく、長月に「生まれてくる」我が子を思い浮かべては、それが叶わぬことを思い出してやるせなくなる。

香の腕の中で健やかに眠る幸之介がこの上ない宝に見えた。

「……おふくろから聞いたが、珍しいことじゃないらしいな」

「ええ。でも、だからってなんの慰めにもならないわ」

「そうか。そうだな」

律をどう慰めたらよいのか判らず、見栄を捨てて香の助言を求めるつもりだった涼太は内心うなだれた。

「……それで、りっちゃんはどうしているの？」

「どうもこうも――いつも通り、長屋で仕事をしてら。具合はもう悪くないってんだが、ずっと浮かない顔のままだ」

「そう……でも手を動かしている方がきっと気が紛れるわね」

涼太自身も仕事に打ち込んでいる間はさほど気にかけずにいられるのだが、朝晩に沈んだ律の顔を見ると無力な己がもどかしい。けして「なかったこと」にはならぬというのに、よい慰めの言葉も手立ても思い浮かばぬうちにただ日々が過ぎていく。

「下手な慰めはいらないわ。夫婦なんだもの。なんにも言わなくたって伝わるものよ。でも大事にしてあげてね。大事に、大事にしてあげて」

「――言われるまでもねぇや」

己がいてはせっかくの祝いが辛気臭くなると、涼太は長居はせずに伏野屋を後にした。

京橋を渡って日本橋へと向かう途中で、涼太はふと足を緩めた。

父母の遣いとして出て来たため、店のお仕着せではなくよそ行きを着てきた。

何か——菓子か小間物でも土産にするか……

小手先の、香の言う「下手な慰め」やもしれぬが、幸之介の初節句よりもちょっとした手土産の方が律とのいい話の種になりそうだ。

仕事場でもつまめるように桐山で干菓子を買い、更に藍井の暖簾をくぐった。

「これは涼太さん、お珍しい。いらっしゃいませ」

如才(じょさい)ない笑みと共に迎えた由郎へ、涼太も会釈で応える。

藍井を訪れたのは二年ぶりで、ほんの二度目だ。二年前、小林吉之助に襲われた際に律の簪の足が曲がってしまい、その修繕にかこつけて代わりの簪を贈り物として藍井で買い求めた。曲がった簪は後日店の者に届けさせ、直った折も店の者が取りに行った。だが、由郎とは茶会や得意先、青陽堂で幾度か顔を合わせている。

「本日はどのようなものをお探しで？」

「ああ、お律にその……何か、お律が喜びそうなものがないかと」

慰めになりそうなものとは言い難く、涼太は微苦笑で誤魔化した。

「仲がおよろしいことですな。お律さんといえば、先日の彼岸花は実に見事でした」

「彼岸花？」

「役者の片桐和十郎さんの着物です」

そういえば――

律が和十郎の着物の注文に張り切っていたのは弥生で、ほんの一月余り前のことなのだが、もう二月も三月も経た気がした。

意匠は「秘密」だと言っていたが、まさか彼岸花だったとは……

死人花、それから捨て子花の異名が続けて思い浮かんだ。

葉があるうちは花が咲かず、花が咲く頃には葉は見当たらない。ゆえに、花を親を見ることの叶わぬ子になぞらえているのだが――

捨てちゃいねぇ。

親もまた、子を見ることが叶わなかっただけ……

不吉な、と思わずにはいられなかった。

意匠を明かさぬのも注文の内だと言われたが、そうでなくとも身重の律は言いにくかったに違いない。万事神頼みするほど涼太も律も信心深くないものの、人並みの験担ぎは欠かさない。律に非がないことは承知の上で尚、赤子が流れたのは捨て子花を描いたせいではなかろうか、などとつまらぬ考えが胸をよぎった。

が、口を結んだ涼太とは裏腹に、由郎は優美に微笑んだ。

「ほんに美しい――天上の花と呼ぶにふさわしい出来栄えでした」

由郎の心からの笑みを見て、涼太は今度は、昔、何かの折に清次郎から聞いた彼岸花の別の異名を思い出した。

「天上の花というと曼陀羅華、摩訶曼陀羅華、曼殊沙華、摩訶曼殊沙華……曼陀羅華が白蓮華、曼殊沙華は紅蓮華、または彼岸花……」

「流石、青陽堂の若旦那さま。茶の湯のみならず仏書にも造詣が深くていらっしゃる」

おべっか交じりの台詞だが、父親が褒められたと思えば悪くない。また由郎も小間物屋の主にして茶の湯も心得ている識人で、己よりやや年上ということもあり、涼太は一目も二目も置いている。

天上の花と呼ぶにふさわしい――そう由郎が言ったのは、けして世辞ではない筈だった。

「由郎さんからお褒めの言葉をいただいたとあらば、お律もさぞ喜んだことでしょう」

「ああいえ、私は和十郎さんから見せてもらっただけですから。ですが、どうかお律さんにお伝えくださいまし。あの着物には私だけでなく達矢も感服していたと」

「達矢というと――錺師の？」

二年前に涼太が律に贈った千日紅の簪は達矢が作った物である。

「ええ。和十郎さんが着物を見せびらかしにいらした折に、ちょうど店にいたのです。そうだ涼太さん、お律さんにお勧めのお品がありますよ。どうぞこちらへ。ついでに一服いかがですか？」

涼太を店の奥の座敷にいざなうと、由郎は箪笥の引き出しから袱紗に包んだ物を取り出して涼太の前に置いた。

「達矢はしばらくお律さんの着物が頭から離れなかったそうです。着物を見てすぐに閃いたと、三日ほどでこれを仕上げて持って来ましたよ。着物と揃いの意匠ですから和十郎さんに売りつけようと思っていましたが、お律さんにもお気に召してもらえるかと存じます」

袱紗の中身は直径一寸半、厚さ半寸ほどの銀の平たい鈴で、表と裏に彼岸花の透かし彫りが入っている。茎はなく、花のみが散りばめられていて、透かしの、殊に花蕊の細さが触れるのを躊躇うほどただ美しい。

「死人花、地獄花なんていわれる妖しさも嫌いじゃありませんがね。これはまさしく天に咲き、地に降る瑞兆でしょう？　赤ん坊をあやすのにもお使いいただけますよ」

由郎が鈴を振ると、しゃらんと、それこそ天から降りてきたかのごとく、軽やかで透き通った音がした。

由郎はまだ流産を知らぬようだが、今話さずともよいだろう。

鈴を手にしてその細工を確かめながら、涼太はほんのひとときでも流産を律の仕事のせいにしたことを恥じた。

「いただきます。お律も喜んでくれそうだ」

赤子をあやすことはないものの、鈴の細工や音が弔いや慰めになるよう涼太は願った。

「ありがとうございます」

にっこりとして由郎が応えたところへ、手代が顔を出した。

「達矢さんがいらしていますが……」

「おや、奇遇だね。こちらへ通しておくれ」

手代が店先へ戻ると、すぐに足音が近付いて来て言った。

「達矢です」

「お入り。ちょうどよかった。こちらの――青陽堂の若旦那さまが、お前の鈴をお買い上げくださるそうだ」

「それはどうもありがとう存じます」

低い声で応えながら座敷へ入って来た達矢を見て、涼太は思わず腰を浮かせた。

「あんた――あなたが達矢さん？」

瀧屋の前で見かけた、左頰に傷のある男だった。

「はい。錺師の達矢と申します」

改めて見ても夜霧のあきの似面絵に酷似している。年の頃は二十四、五歳と、己と変わらぬとみた。背丈は己より二寸ほど低いようだが、敏捷そうな、太ってても痩せてもいないちょうどよい肉づきをしている。

「あの、こいつは古傷で……」

じろじろ見たのが気になったのか、頬に手をやって達矢は言葉を濁した。

「ああ、不躾にすまないね。その——知り合いに似ていたものだから」

「知り合いに？　俺——私に似た男とお知り合いなんですか？」

前のめりになった達矢へ涼太は小さく手を振った。

「ああいや、大した知り合いじゃないんだ。だが、その傷がなければそっくりだ」

夜霧のあきが捕まったとはまだ聞いていない。達矢の様子からして達矢は夜霧のあき自身ではなさそうだが、二人はつながっていると涼太は踏んだ。とすると、達矢も盗人一味なのではないかと用心しながら涼太は応えた。

「若旦那。ええと青陽堂の……」

「涼太さんだよ」と、由郎。

「涼太さん、お知り合いの名はもしや晃矢というんじゃありませんか？」

手のひらに字を書きながら達矢が問うた。

「私はあきさんとしか聞いていないんだが……」

夜霧のあきは「晃矢」ってのか——

「くそったれ」と、達矢が舌打ちを漏らす。「まさか晃矢が生きていたたぁ、しかも江戸にいるたぁな……涼太さん、達矢さん、どうかやつの居所を教えてくだせぇ」

伝法な口調になって達矢は頭を下げた。

「すまない。居所を知りたいのは私も同じだ。その、どうも引っ越したらしいと、別の知り合いが行方を探していてね」

さては生き別れた兄弟かと、涼太は更に用心を重ねて達矢を窺った。

「いけやせん、涼太さん。そいつにはけして近付いちゃなりやせん。お知り合いにもそうお伝えくだせぇ。晃矢は私の双子の兄です」

真剣な眼差しで達矢は涼太と由郎を交互に見た。

「双子の兄……？」と、問い返したのは由郎だ。

「へぇ。同じ腹から生まれたとは思えねぇ、とんでもねぇ悪党です。俺ぁ小せぇ頃からやつに間違われたり、やつから濡れ衣を着せられたりして散々でした。やつと一括りにされたくなくて、俺ぁ自分で目印をつけたんです」

左頰の傷をなぞって達矢が言った。

達矢曰く、二人は安芸国の出だというから、夜霧の「あき」は晃矢の晃の他、安芸国の安芸でもあるのだろう。

達矢は「知り合い」を知りたがったが、由郎の手前もあり、晃矢が火盗改に追われている大泥棒だとは明かし難い。まずは小倉か保次郎に相談せねばと涼太は判じた。

「知り合いには今日明日にでも話しに行くよ。おそらく達矢さんに会いたがるだろうが、先方次第だ」

「俺のことはけして晃矢に伝わらねぇようにしてください。いや、あいつのことだ。俺が江戸にいることはとっくに知っているに違ぇねぇ。けど、俺があいつを探していることを知ったらあいつはすぐさま逃げ出すでしょう。引っ越したってんなら、もう手遅れかもしれねぇが……」

「お前は兄を捕まえたいのだね？　逃がすのではなく？」

確かめるように問うた由郎へ、達矢は大きく頷いた。

「たりめぇです。畜生、あの野郎。もうとっくに死んだものと思っていたのに――」

憎々しげに吐き出す達矢に、一抹の不安を覚えて涼太は由郎と顔を見合わせた。

十二

九ツの鐘が鳴ってすぐ律は仕事場を出た。

朝のうちに涼太は初節句を祝いに伏野屋へ、今井はもう大分前に律が描いた鐘馗の幟を持って指南所へ向かった。

長居はせずに、昼過ぎには戻ると涼太は言っていた。指南所も昼までゆえ、ほどなくして今井はおそらく筆子の親からの差し入れの柏餅を持って帰宅するだろう。

柏の木は新芽が出るまで古葉が落ちない。ゆえに新芽を子供、古葉を親に見立てて「子孫繁栄」の縁起ものとされている。端午の節句の柏餅は慶太郎を始めとする町の子供たちの無事を祈るため、また茶請けとしても毎年楽しみにしてきたが、今年は違う。茶のひとときに涙して、今井を困らせたくはなかった。

涼太が心配せぬよう、勝手口から台所へと顔を出し、出かけることをせいに言付ける。

「一日早いのですけれど、池見屋さんに鞠巾着を届けがてら、気晴らしに上野まで出かけて来ようと思います。夕刻までには戻りますから」

「それなら、厄除けにちまきをお持ちになりませんか？」

その昔、素戔嗚尊が旅中に蘇民将来の家で一夜を過ごしたことがあった。素戔嗚尊は貧しい蘇民の心を尽くしたもてなしを喜び、礼として子孫共々疫病の厄から守ると約束し、茅の輪をその印としたのがちまきの所以といわれており、これもまた端午の節句の縁起物だ。

一人で出かけるのを案じているのか、心配顔のせいへ微笑んで見せ、律はありがたくちまきを包んでもらった。

御成街道を行くうちに九ツが鳴り、上野広小路に差しかかると、通りの端や路地で子供たちが菖蒲打ちをする音や歓声が聞こえてくる。

ふと、昨年張り切って菖蒲打ちの稽古をしていた本田家の嫡男の秋彦を思い出し、律は微かに口角を上げた。続けて帰り道で涙をこぼした香に己を重ねてまたしても目が潤んだが、幸之介を抱く香を思い浮かべると胸が和らいだ。

よかった……

――友は友の仕合わせを願い、喜ぶものだ――

そう、今井が言ったことがあった。

――よしんば羨みはしても妬みはしない。――それが真の友愛なれば――

羨ましくないと言えば嘘になる。

だが醜い嫉妬には至っていないと、香はもとより、己のためにも律は安堵した。

此度は千恵は家にいたようだが、座敷にも店先にも姿を現さなかった。

「お前の前で泣いちゃ悪いと、お千恵なりに気を遣っているようなんだ」

「私もまだ……またそのうちに」

「うん、そう伝えておこう。――それにしても、三枚ともよく描けてるよ」

並べた鞠巾着を見やって類は言った。

「ありがとう存じます」

いつもより仕事に打ち込んでいる分早く仕上がり、今朝は基二郎が下染めした鞠の着物を手がけ始めた。

「ちょっぴりだけど、前よりいい。ああ、ほんのちょっぴりだがね」

念を押した類に、律は微苦笑を返した。

「私もそんな気がしたんです。前よりちょっぴりましになったような……」

あれからまだ十日と経っていない。

赤子を失った悲しみは変わらぬが、ひとときでも己と違う命を宿していたことで、子供たちへの慈しみの気持ちが一層深まったように感ぜられる。

鞠巾着——殊に子供の物を描く度に、巾着を手にする者や己の身の周りの者たちが無事に生まれ育ったことを律は静かに喜んだ。

描くことが、今の己にできる供養でもあった。

池見屋を出ると、律は上野広小路を北へ折れた。

寛永寺の黒門を抜け、時鐘堂の近くでちまきをつまんだ。ちまきを食べ終えると一度は中堂へと足を向けたが、思い直して横道を通って不忍池の東側へ出た。

善性寺を詣でようと思ったのである。

千恵や由郎と歩いた不忍池の東側を歩いて行くと、対岸が——あきが落ちた辺りが気になったが、ちらりと見やったのみで先を急ぐ。

不忍池から更に北へ堀沿いを歩き、新茶屋町と天王寺を通り過ぎると善性寺が見えてくる。

将軍橋を渡ると、ひっそりとした境内には己の他にも一人参詣客がいた。

紅消鼠色の着物を着た男が、律の足音に気付いて振り返る。

「お律さん」

目を丸くして和十郎が問うた。

「どうしてここに？」

「ちょっと思い立ったもので……お着物、袖を通していただけたんですね」

和十郎の着ている袷の裏には、己が描いた彼岸花が咲いている筈だった。

「うん。今日はその、思うところがあって……」

和十郎が善一郎を拾ったのは端午の節句だった。善一郎が死した秋の彼岸よりも先に、息子を偲んでやって来たのだろう。

何か言いたげに言葉を濁した和十郎へ、律は躊躇いながらも先に切り出した。

「私……先だって流産してしまったんです。それで今日はなんだかつらくて、少し遠くまで来たんです」

「そうかい。そんなことが……その、どうも悪かったな」

「そんな風に言わないでください。お着物のせいじゃありませんから。いろいろ無理が重なったのです。お着物は――彼岸花を描いたことは悔いておりません」

実のところ、あの後、彼岸花が頭をよぎらぬこともなかった。

どうしたらよかったのかと悔やむうちに、死人花を描いたことが呪いになったのではないかと思ったこともあったが、律はすぐさま打ち消していた。

己の絵に「呪い」は微塵もなかった。

それに、まんまやの充も言っていたではないか。

――七つまでは神のうち――

彼岸花の向こうに天が垣間見えるごとく、子供も――殊に赤子は此岸と彼岸を移ろいながら命を我がものにしていくのだろう。そうして此岸にきたのちも、彼岸は遠ざかることはなく、遅かれ早かれ皆やがて彼岸に帰ってゆくのだ。

いつかまた、この世に巡りいずるまで……

「着物のせいではないんです」

恨みも後悔もまだたんまりと残っていた。そもそも似面絵を描いたことさえ、ともすれば悔やんでしまうことがある。

「誰のせいでもないんです」

己に言い聞かせるように律は付け足した。

「あの子は早々に天に召されたのではなく、束の間天から降りてきてくれたのだと思うんです。もう少し長く、ううん、私よりずっと長く、この世にいて欲しかったけど……」

潤んだ目をさっと袖で拭って、律は無理矢理微笑んだ。

「……お律さん、よかったら私と一緒に倅を供養してやってくれまいか？　倅の亡骸はこの近くで見つかったんだ」

頷いて、律は善一郎の死に場所を既に由郎から聞いていることを明かした。

「善一郎さんが拾い子だというのも、雪永さんにお聞きしました。端午の節句に、和十郎さんは彼の地で善一郎さんを見つけたのだと」

「ああ、その通りだ」

参詣を済ませた律は和十郎と共に将軍橋を戻り、彼岸花の地へと足を運んだ。

歩きながらぽつぽつと和十郎は語った。

「あの頃、私は芝居が思うようにいかなくて、他の者に役を取られては歯嚙みしていた。ねんごろだった女がまた私の芝居は上辺だけだの、女形には所詮女心は判らないだの、あれこれ口を挟んできてな。なのに別れを切り出した途端にすがってきやがって――」

二十五年前、和十郎が二十一歳の時であった。

「しばらくすったもんだが続いてな。あの日も女から逃げてここまで来たんだ。そうしたら、あの辺りから急に赤子の泣き声が聞こえてきた」

ひとかたまりの彼岸花の葉を指差しながら和十郎は言った。

「慌てて善性寺に連れてったんだが、こっからあすこまでのほんのひとときに、すぐに泣き止んで――笑ってなぁ。そんでふと閃いたのよ。こいつの母親代わりになってみよう。そうすりゃいい芸の肥やしになるんじゃねぇかってな」

女は懲り懲りだと思っていた矢先だった。

が同時に、人並みに子供が――跡取りが欲しいと願い始めた頃でもあった。

「一石二鳥、いや三鳥さ。隠し子だって言ったら、ようやく女も諦めてくれた」

善性寺の「善」に加え、己の芸名が「十郎」であることから赤子には善一郎と名付けた。

「赤子の世話なんてそれまでしたことがなかったから、なんでもかんでも初めてだった。だが独り身のまま、どうにかこうにか育て上げたさ。お頭も仲間もよくしてくれたし、子育てが功を奏したのか芝居も評判になった。あいつも私の台詞をよく真似ていて、私もつい張り切って、七つにもならねぇうちから芝居を仕込んだもんだ」

そうして善一郎はすくすくと育ったが、年頃になるにつれて背が伸びて、和十郎よりがっしりと男らしい身体つきになっていった。女形は難しいと判じて立役（たちやく）——男役——を志すよう和十郎は諭したが、善一郎は不服だったようである。

雪永を始め一座の座長など、幾人かには善一郎の出自を明かしていた。「隠し子」としたのは女を追い払うための方便だったから、和十郎もそう固く口止めしておらず、何より己が父親に似ても似つかぬことから、善一郎はこの頃には己が捨て子で、善性寺の近くで拾われたことを既に知っていたらしい。

「しょうもねぇ喧嘩が増えて、あいつは家を空けることが多くなった。だが私もまあ、似たような年頃で親父と仲違いして家を出た身だから、しょうがねぇやとのんびり構えていたら、あいつはこれまたしょうもねぇ女に引っかかってな……」

家を出て、善一郎は女のもとへ身を寄せた。

しばらく放っておいたものの、深みにはまる前にと、和十郎は善一郎より幾分年上だった女に手切れ金を渡して息子を取り戻そうとした。

「金を受け取った女が『行方知れず』になって、あいつが家に戻ってきたのも束の間さ。どうも女の手引きで阿芙蓉に味を占めちまったようで、阿芙蓉欲しさにすぐにまたふらりと家を出て……探し当てた時にはあちこちでこさえた借金にまみれていやがった」

「阿芙蓉に……」

辺りには枯れかけた葉があるだけで、花の気配はまだまるでない。

善一郎の亡骸が思い浮かんだのか、目頭を軽く揉んでから和十郎は続けた。

「なんとかしてやりたかったが、あいつはもうかかわるなと――血のつながらねぇ女形に母親面されるのはうんざりだってんで、売り言葉に買い言葉、私もまた腹を立てて、あいつを放って帰って来たんだ」

それからまもなく、和十郎は善一郎の死を知った。

善一郎が女のために家を出てから三年ほどが経っていた。

「一面の彼岸花の中で死んでいて、根っこを掘って食べた跡があるってんで、お上は彼岸花の毒で死んだと判じた。毒に苦しんだ死に顔だったから、根っこを食ったのは本当なんだろう。だが、あいつは実は阿芙蓉に殺されたのさ。阿芙蓉から抜け出せなくて、どうしようもなくなって千住からふらふらとここまでやって来ておっ死んだんだ」

千住と聞いて、律は四日前に保次郎が言ったことを思い出した。

「千住宿ではつい先頃、阿芙蓉の売人一味が捕まったと聞きました。町奉行所に密告があったと……もしや、密告したのは和十郎さんではありませんか？　一味が善一郎さんを『殺した』から――」

ややおどけて和十郎は言ったが、すぐにまた顔をしかめた。

「流石、お上御用達の似面絵師だ。あんな、読売にもなってねぇことまで耳が早ぇや」

「――あいつら、若ぇのを何人も脅していやがった。阿芙蓉の虜にして、借金させて、逃げ出したら身内もただじゃおかねぇと、観念して新たな『獲物』を連れて来いと……善一郎もそうやって脅されてたに違ぇねぇ」

善一郎が死してから六年、和十郎は仕事の合間に少しずつ一味を探っていたという。

「ようやくやつらはお縄にできたが、憂さは晴れねぇまんまだよ。お律さんの言った通り、すっかりなくなりゃしねぇんだろうな。まったく私は莫迦だった。立役になれ、なんて言わずに、あいつの好きなようにさしてやりゃあよかった。てめぇは親父の言うことなんざ耳を貸さずに、好き勝手にしてきたくせによ。なんだったら役者じゃなくてもよかったんだ。そしたらあいつも、女やら阿芙蓉やらに惑わされることもなかったんじゃねぇかなぁ……」

だが、好きにしろと言われたところで、善一郎は結句役者に――できることなら女形になりたかったのではなかろうか。また、十七歳なら大人といえぬこともなく、和十郎ばかりを責められない。

「本当の親なら、あん時あいつを見捨てはしなかったろう。なんと言われようが、あいつを連れて帰ったに違ぇねぇ。私はあいつにはずっと——うんと小さい時から彼岸花には近付かねぇよう言い聞かせていた。あの花には毒があるからと……今思えば毒よりも、ただここには近付かねぇで欲しかったんだ。莫迦莫迦しいが、なんだか本当の親にあいつを取られちまう気がしてな。だが、あいつは結句ここを死に場所とした。生みの親を求めてか、私へのあてつけか……」

「あてつけなんかじゃありません」

思わず口をついて出た。

「だって雪永さんが言っていました。和十郎さんは迷子札を持っていたと」

「うん。守り袋はとっくに外して箪笥に仕舞い込んでいたから、札だけ財布に入れていたとは知らなかった」

「ずっと入れていたのではなく、家を出て行く時に持ち出したんじゃないでしょうか？　和十郎さんとつながっているために。もしもの時には迎えに来てもらえるように——もしもの時には和十郎さんのもとへ帰れるように」

名や家を記した迷子札は守り袋などに入れて主に子供が身に着けていて、大人になっても持ち歩く者はまずいない。

「ここを死に場所としたのも、ここなら和十郎さんが見つけてくれると思ったんじゃないでしょうか？　彼岸花の根を口にしたのは、和十郎さんに塁が及ばぬようにと――」

阿芙蓉に侵されているとなれば、親である和十郎にも余計な疑いや調べが及ぶ。死して尚、和十郎に厄介をかけたくないと、善一郎なりに考えた末でのことだろうと律は思った。

皐月ののどやかな陽気の中、和十郎は眩しげに律を見やった。

「……そう思うかい？」

「そう思います」

「そうかい。――ありがとうよ、お律さん」

つぶやくような和十郎の礼と共に、微かな足音が聞こえてきた。

十三

振り向くと、女が一人こちらへ近付いて来る。

和十郎と顔を見合わせたが、互いの知り合いではなさそうだ。

おずおずと更に歩み寄って来た女は和十郎より幾分若い、だが四十路過ぎと思われた。

律たちから少し離れたところで女は困ったようにちょこんと会釈をこぼし、それから彼岸花に向かって膝を折った。

辺りの青々しい木々や畑とは裏腹に、葉が朽ちかけて、地面が露わになりつつあるこの一画で、女は両手を合わせてしばし祈った。

やがて祈りを終えた女は立ち上がると、再びちょこんと律たちに頭を下げた。

「あの」

踵を返した女を律は思わず呼び止めた。

「どうしてこちらに……？」

「――息子の無事を祈りに来たのです」

「息子さんの？」

「ええ」

束の間躊躇い、女はやはり困った顔をしたまま応えた。

「お恥ずかしいことですが、私はその昔、ここに我が子を捨てました。ちょうど二十五年前の今日のことです」

「二十五年前――」

思わぬ偶然に、律も和十郎も立ち尽くした。

「私はまだ十六で、夫に逆らえなかったんです。夫は人でなしで、悪さをして江戸を出てゆかねばならず、赤子はどこかに捨てて来いと命じられて……途方に暮れて歩くうちにここへたどり着きました。初めはあすこのお寺に預けようとしたんですが、夫のことを咎められたら困ると思って……ここなら、お坊さんにすぐに見つけてもらえるだろうと」

そう言って女は善性寺を指差した。

「でも、すぐに引き返しました」

「すぐに？」と、和十郎。

「あ、いえあの、半刻ほどしてからですが、やっぱりあの子を取り戻したくて……でもあの子はもういませんでした。てっきりお坊さんに拾われたと思ってお寺を訪ねてみたら、日本橋の『片松』って番付に載るような料亭の若旦那が、これも何かの縁だから、悪いようにはしないからと仰って、あの子を連れて行ったと教えてくれました」

若旦那……？

律は内心小首をかしげたが、すぐに先ほどの和十郎の言葉を思い出した。

――だが私もまあ、似たような年頃で親父と仲違いして家を出た身だから――

「それならそれでいいと思ったんです。むしろ、あの子のためにはその方がずっと仕合わせなのだと思いました」

女は夫と共に江戸を離れて甲斐国に移り住んだが、ほどなくして夫とは死別した。

「あれから子宝には恵まれず――いろいろありました」

自嘲を浮かべて女は言った。

「これからも何があることやら……ですが、此度ようやく江戸に戻ることが叶いました。明日には出羽に発つのでほんのひとときのことですけれどね。それで一目あの子の姿が拝めぬものかと朝のうちに日本橋に行ったのですが、残念ながら片松はもう十年も前に上方に引き上げてしまったそうです。けれども近所の人が言うには、片松は大旦那も旦那も気立てがよくて、奉公人にも手厚い店だったとか。だからきっと息子も達者でいると思うんです」

おもむろに、にっこりとして和十郎が口を開いた。

「……片松なら知ってるよ。おそらくあんたの息子さんも」

「えっ？」

「あすこは私の行きつけだったんだ。拾い子の話は大分前に、大旦那がまだ店を切り盛りしていた頃に聞いた。若旦那——ああ、もう今は旦那だが——がいきなり赤子を拾ってきたってな。若旦那には既に息子が一人いたが、息子の弟分として拾い子も大事にしていたよ。十年前はまだ見習いだったが、いい板前になりそうな面構えだった」

「そ、そうだったんですか」

潤んだ目に袖をやって女は言った。

「そうですか。あの子、板前に……」

「そうだお律さん。あんた、今日も矢立を持ってるかい？」

「ええ」

「なら、この人に息子さんの似面絵を描いてやってくれ」

「似面絵？」

きょとんとして問い返した女に、和十郎は再び微笑んだ。

「うん。この人はこう見えて、お上御用達の似面絵師なのさ。これも何かの縁だ。なぁ、いいだろう、お律さん？　どうか一枚——お願いだ」

「判りました」

律が矢立を取り出し、巻きつけていた紙を広げる間に、和十郎は川まで引き返して、柏の落ち葉に水を少し汲んで来た。

「ええと、十年前は十六だったな。年の割には大きな子だったよ。もう私より背丈があって、肩も広くて……ああ、背丈や肩はどうでもいいやな。丸顔なのに、眉が太くてしゅっとした面立ちだった。少しだけ頬が出ていて、鼻筋は通っていたがちょっぴり団子っ鼻だったな」

和十郎の言う通りに描いていくと、凛々(りり)しく潑剌(はつらつ)とした少年の顔が現れた。

「眉は旦那に似たのかな。だが、鼻はあんたに似たんだな」

出来上がった似面絵を見つめる女に、和十郎は陽気に付け足した。

「片松の噂は今でも時々耳にするよ。上方でも繁盛しているそうだ。あんたの息子も——名はちょっと思い出せないが——もうとっくに一人前になってるだろう」

「そうですか。そうですね。あの子ももう二十六になりますものね。——ありがとうございます。こんなご縁があるなんて……あの子も少しは私を想ってくれているんでしょうか。ううん、私のことなんてまるで覚えちゃいないでしょうね。もしくは、ひどい母親だときっと恨んでいることでしょう。でもいいんです。あの子が無事ならそれだけで……ありがとうございます。これで心置きなく江戸を発てます」

似面絵を抱いて、何度も頭を下げて女は東へと去って行った。

女の後ろ姿が豆粒ほどになるまで見送ってから、律は和十郎を見やった。

「流石、江戸三座の役者さん。とっさにあんな台詞がつらつらと出てくるなんて」

「お律さんこそ、黙っていてくれてありがとうよ」

四十路過ぎの女である。これから出羽国へ向かうなら、この先上方に行くことはないだろう。ゆえに、あえて善一郎の死を知らせることもあるまいととっさに芝居を打ったのだろうが、自身への慰めも多少は込められていた筈だ。

料亭・片松は和十郎の実家で、和十郎は跡継ぎだったにもかかわらず、芝居好きが高じて十代で家を出たそうである。

「初めはぼんぼんのいっときの道楽だろうと、親父もお頭も本気にしちゃいなかったがな。女形のはまり役ですぐにちっと人気になったんだ。けれども、下積みがないから早々に行き詰まって、女には莫迦にされ……後はさっき話した通りだ」

善一郎を拾った折、身元が確かな方がよかろうと、和十郎は善性寺で実方の片松の名を出したのだった。

片松は結句、和十郎の弟が跡を継ぎ、だが十年前に父母のたっての願いで二親の郷里である大坂に店を移した。

「親父は善一郎が隠し子だと信じていたようで、なかなか陽の目を見ないあいつを気の毒がって、板前にならないかと私の留守にこっそり誘いに来たらしい。けど、あいつはけんもほろろに断ったってんだ」

――とんでもねぇです。私は二代目片桐和十郎になるんですから――

善一郎が家を出る数年前のことである。

やるせない笑みを浮かべてから、和十郎は懐に手をやった。

「似面絵代を払わなくちゃな」

「お代はいりません。その代わり、私のお願いも一つ聞いてくれませんか？」

「うん？」

「今しばらく――できればお彼岸の後も――生きていてもらえませんか？」

似面絵を描いている間に、疑いが確信に変わっていた。

弔いの、殺された倅を悼むための着物だと和十郎は言った。

仇を討ちたいのは山々だと――下手人は己なのだとも。

道行く者たちは皆もう単衣（ひとえ）だというのに、袷を着ている和十郎に律は何やら嫌な予感を抱いていた。

――変な話だが、彼岸が楽しみになってきたよ――

和十郎が楽しみにしている「彼岸」は葉月の「彼岸会」のことではなく、「あの世」のことではなかろうか、和十郎は次の花を見ることなく、己の描いた彼岸花に包まれて、今日この日に命を絶つつもりではなかろうかと律は懸念した。

ぼんやりと、娘のために「命を差し出した」はるが思い出された。

毒饅頭を二つ用意していたのは、初めからもしもの際はあきや蕗に知られる前に自害する気でいたからだろう。

かつて弥吉と清の母親の奈美も、身元を偽り、獄中で自ら命を絶った。

はるや奈美は我が子を、善一郎は親を想っての自死だったのだろうが、他にやりようはなかったのかと、怒りに似た悲しみが胸を浸す。

殊にはるの命は、一度は口裏を合わせた巾一味が救ったものである。

「勝手なお願いですけれど、しばらく――ううん、叶うならずっと、つらい知らせは聞きたくないんです。殊に命にかかわる知らせは……」

束の間じっと律を見つめて、和十郎はゆっくり微笑んだ。

「借りを作ったままじゃ死ねねぇからな。それが似面絵代だってんなら、そうするさ。それにお律さんに頼まれなくとも、ちょいと迷い始めていたところだった」

「本当に？」

「ああ」

着物の袖口を握って、和十郎は頷いた。

「だってこいつは、汚しちまうにはどうにも惜しい着物だからな。今日こいつを着てここまで来るうちに、急ぐこたねぇと思ったのさ。どうせ遅かれ早かれ、いずれはあっちにいくんだからよ」

「ええ。いずれはみんな」

律の応えに微笑を返して、和十郎はまだ葉ばかりの彼岸花を見渡した。

「善性寺の住職が教えてくれるまで、私はこれらの葉が彼岸花だとは知らなかった。彼岸花が捨て子花と呼ばれていることも」

――捨て子花の中に捨てられていたとは、なんと哀れな――

そう住職に言われて、やはり己が育てようと決心したのだと和十郎は言った。

「……あの人もきっと知らなかったんだろう。こんな葉っぱからあんな花が咲くたぁ、そこらの者には判りゃしねぇよ」

ふと、涼太の顔が思い浮かんだ。

律を責めるようなことは何一つ口にせず、だがずっとどうにも困った顔をしている。

なんとなく言いづらく、彼岸花を描いたことは黙っていたが、近々和十郎に着物を貸してもらおうと律は思った。

己が筆に込めた願いを——彼岸花に秘められたそれぞれの想いを——涼太と分かち合いたかった。

先ほどの女のようにしゃがんだ和十郎に倣って、律も膝を折って手を合わせた。

目を閉じると、まだ見ぬ景色が——真っ赤に咲き誇る彼岸花が目蓋の裏に浮かび上がる。

涙をこらえて律は両手に力を込めた。

我が子と善一郎、それから今は亡き者たち皆の冥福を、天に届けとばかりに、ただ一心に律は祈った。

光文社文庫

文庫書下ろし

しのぶ彼岸花　上絵師 律の似面絵帖

著　者　知野みさき

2021年5月20日　初版1刷発行

発行者　鈴木広和
印　刷　萩原印刷
製　本　ナショナル製本

発行所　株式会社 光文社
〒112-8011　東京都文京区音羽1-16-6
電話 (03)5395-8149　編集部
8116　書籍販売部
8125　業務部

ISBN978-4-334-79196-4　Printed in Japan

組版　萩原印刷

光文社文庫最新刊

能登花嫁列車殺人事件	西村京太郎
未来を、11秒だけ	青柳碧人
SCIS 科学犯罪捜査班Ⅳ 天才科学者・最上友紀子の挑戦	中村 啓（ひらく）
須美ちゃんは名探偵⁉ 浅見光彦シリーズ番外	内田康夫財団事務局
沈黙の狂詩曲（ラプソディ） 精華編Vol.1 日本最旬ミステリー「ザ・ベスト」	日本推理作家協会・編
江戸川西口あやかしクリニック6 幸せな時間	藤山素心（もとみ）

光文社文庫最新刊

霊視(みえ)るお土産屋さん3	幽霊騒ぎと残された銘菓	平田ノブハル
しのぶ彼岸花	上絵師 律の似面絵帖	知野みさき
夜鳴き蟬	父子十手捕物日記	鈴木英治
旅立ちの虹	はたご雪月花	有馬美季子
狼の牙	八丁堀つむじ風 (十二)	和久田正明
相弟子	若鷹武芸帖	岡本さとる